톨레도의 유대여인

5막의 역사비극

톨레도의 유대여인

5막의 역사비극

프란츠 그릴파르처 지음
이관우 옮김

써네스트

옮긴이의 말

프란츠 그릴파르처(1791~1872)가 30년 가까이 구상하여 말년에 완성함으로써 그의 최후 작품으로 기록되는 『톨레도의 유대여인』은 12세기 스페인 카스티야 왕국에서 있었던 국왕과 유대인 소녀와의 비극적 사랑이라는 역사적 사실을 소재로 한 5막의 역사비극이다.

청순하고 당돌한 유대인 소녀 라헬은 어느 날 출입이 금지되어 있는 카스티야 왕국의 수도 톨레도에 있는 왕궁 정원에 들어가 국왕 부부를 깜짝 놀라게 한다. 왕비 레오노르는 그녀의 막무가내적인 오만불손한 태도에 역겨워하지만 알폰소 국왕은 낯선 이교도 소녀의 열정적 모습에 매료된다. 시간이 지나면서 국왕은 유대 소녀 라헬의 애교와 매력에 점점 더 깊이 빠져든다. 카스티야 왕국이 외적인 무어족의 위협으로 심각한 위기에 처해 있는 시점에 국왕은 유대인 소녀와의 사랑에 빠져 통치자로서의 의무를 완전히 망각한다. 국왕 대신 국사를 떠맡은 왕비와 국왕의 봉신들은 유대인 소녀를 나라를 위태롭게 하는 장본인으로 규정하고 그녀를 죽이기로 결정한다. 라헬이 처참하게 살해된 후 국왕은 비로소 자신의 본분으로 돌아와 적과의 전투에 나서며, 다시 통치자로서 자신의 본래 의무를 깨닫게 된다.

이처럼 이야기의 줄거리는 단순하지만 이 작품은 국왕과 왕비와 유대소녀 사이의 애증과 갈등을 치밀하게 묘사하면서 무언가를 더 끼워 넣거나 뺄 수 있는 여지가 전혀 보이지 않는 긴밀한 언어표현과 탄탄한 구성으로 극의 완성도를 높이고 있다. 그리하여 일부 비평가들은 『톨레도의 유대여인』을 독일어권 최고의 드라마로 평가하기도 한다. 그러나 이 드라마는 우리나라에서는 아직 번역되어 소개된 적이 없는 낯선 작품으로 머물고 있다. 이 드라마를 쓴 오스트리아 출신의 프란츠 그릴파르처 또한 독일 사실주의의 전초인 비더마이어(Biedermeier)를 대표하는 극작가이자 오스트리아의 국민작가로 추앙받고 있지만 우리에게는 다소 생소한 편이다.

이에 옮긴이는 우리 독문학계가 파고들어야 할 영역에 중요한 사각지대가 남아있다는 데 대해 학자의 한 사람으로 반성과 각성을 하면서 이 작품을 우리말로 옮겨 우리 독자들에게 처음으로 선보이기로 했다.

작가와 작품 모두 우리의 독자대중에게 친숙하지 않은 점을 고려하여 책의 말미에 비교적 자세하게 작가의 삶과 작품세계를 조명하고, 작품의 성립배경과 내용에 대해 해설함으로써 독자의 이해를 돕도록 했다.

이 작품은 작가가 고전드라마의 양식을 바탕으로 썼으므로 번

역에서도 가급적 원문텍스트의 운문극적 형태를 그대로 살렸다. 본문에 이따금 등장하는 주석은 독자의 이해를 돕기 위해 옮긴이가 단 것으로 원문에는 없는 것임을 밝힌다.

국내 최초로 우리말로 옮겨 소개되는 만큼 이 번역물이 독자들로 하여금 그릴파르처의 극문학과 친숙해질 수 있는 작은 계기가 되었으면 한다.

끝으로 이 작품을 옮기는 데 있어 애매하거나 미묘한 표현을 우리말 감각에 최대한 가깝게 다가서도록 도와주신 공주대학교 독어독문학과의 그라우만 선생님께 깊이 감사드린다.

2018년 3월
옮긴이 이관우

차례

등장인물

알폰소 8세: 카스티야 왕국의 왕

엘레오노르: 그의 부인 (영국 헨리 2세의 딸)

왕자: 두 사람의 아들

만리케: 라라 백작이자 카스티야의 제독

돈 가르세란: 그의 아들

돈나 클라라: 왕비의 궁녀

왕비의 시녀

이삭: 유대인 남자

에스터, 라헬: 그의 딸

로베르트, 라미로: 왕의 시종

알론소: 하인

고급귀족들, 궁녀들, 청원자들, 하인들, 평민들

장소

톨레도와 그 주변

시간

1195년

1막

톨레도의 왕궁 정원.

이삭, 라헬, 에스터가 온다.

이삭:

> 멈추렴, 정원에 들어가지 말거라!
> 그건 금지되어 있다는 걸 모르느냐?
> 국왕께서 여기로 산책이라도 나오시면 어쩌려고.
> 유대인은 안 돼 – 하느님이 벌을 내리실 거야! –
> 유대인은 그곳에 들어갈 수 없어.

라헬 *(노래 부른다.)*:

> 라, 라, 라, 라.

이삭:

> 너 내 말 들리지 않니?

라헬:

> 에이, 듣고 있어요.

이삭:

> 그런데 왜 나오지 않는 거냐?

라헬:

> 알아들었지만 나가지 않을래요.

이삭:

아, 아, 아! 하느님은 왜 내게 시련을 내리시려는 건지?

난 푼돈을 털어 가난한 자들에게 주었고,

기도도 하고 금식도 했으며,

금지된 것이 맛있다는 것도 모르는데.

그런데도 하느님이 내게 시련을 주시려하다니!

라헬 *(에스터에게)*:

아니 왜 팔은 잡아당기는 거야?

멈춰 서서 안 들어가고 있잖아.

난 국왕을 한 번 보고 싶어.

그리고 궁정과 그네들의 모든 것을,

그네들이 갖고 있는 온갖 금과 장신구들을 말이야.

그가 멋쟁이 신사라면 하얗고 빨갛게 차려입고,

젊고 멋질 텐데, 난 그를 보고 싶어.

이삭:

하인들이 널 붙잡으면 어쩌려고?

라헬:

에이, 놓아달라고 하지요.

이삭:

그래, 네 어미처럼 말이지?

네 어미도 말쑥한 기독교도들을 찾아다녔고,

이집트의 고기 단지들을 탐했었지.

난 네 어미를 엄하게 단속하지 못했기에,

네 어리석음은 거기서 비롯된 거고,

그건 천한 기독교도들의 유전적 소질이라 믿는다.

– 하느님께서는 용서해주시겠지! –

그래서 난 내 첫째 아내를 많이 칭찬하고 있단다.

(에스터에게) 네 어미는 비록 가난하긴 했어도 너처럼 얌전

했지.

둘째 여편네는 돈은 많았지만 내게 무슨 소용이 있었겠니?

그 여자는 그 돈으로 진수성찬을 차리고 연회를 베풀고,

장신구와 보석을 샀지 않았겠니?

보아라! 저애가 바로 그 여자의 딸이지!

저애가 온갖 것들로 주렁주렁 몸을 휘감고,

휘황찬란한 옷차림으로 뽐내고 있는 것이

마치 바벨탑을 바라보는 것 같지 않느냐?

라헬 *(노래하며)*:

이래도 내가 예쁘지 않고,

부자가 아니라고 할까?

저들이 화를 내도,

난 신경 안 써. 라 라 라 라.

이삭:

저애는 저렇게 비싼 구두를 신고 다니지만

아무 쓸데없는 일이고, 아무도 그것에 대해 물어보지 않아.

한 걸음 한 걸음이 모두 서푼짜리 값싼 발걸음이지.

귀에는 비싼 장신구를 달고 있지만,

도둑이 나타나 그걸 빼앗아,

수풀 속에 떨어뜨리면 누가 다시 찾을 수 있어?

라헬 *(귀고리를 떼어내며)*:

그럼 이걸 풀어서 손에 가지고 있으면 되지.

이게 반짝이고 빛나는 것 좀 봐!

그런데도 난 별 관심 없는데,

그렇다면 언니에게 선사할게.

(에스터에게) 아니면 내버릴 거야. 이것 봐!

(그녀는 손으로 그것을 내던지는 동작을 한다.)

이삭 *(던지는 방향으로 달려가며)*:

이럴 수가, 오 이럴 수가! 어디로 날아갔지?

이럴 수가, 오 이럴 수가! 어디서 다시 찾는단 말인가?

(그는 수풀 속에서 그것을 찾는다.)

에스터:

아니, 너 무슨 짓이니? 그 귀한 보석을 –

라헬:

언니는 내가 멍청해서 그걸 내버렸다고 생각하지?

이것 봐! 나 그거 갖고 있어, 손 안에 쥐고 있잖아.

그걸 다시 귀에 매달아서,

하얗고 조그만 그걸로, 뺨을 치장해야지.

이삭(찾으면서):

이럴 수가! 사라졌어!

라헬:

아빠, 이리 오세요!

보세요, 그 보석 찾았어요.

그저 장난쳤을 뿐이에요.

이삭:

하느님께서 너를 −!

그런 장난을 치다니! 이제 이리 와라!

라헬:

아빠, 시키는 대로 다 할 테니 오라고만 하지 말아주세요.

나는 국왕을 한번 봐야만 하고,

그리고 국왕은 나를, 그래요, 그래요, 그는 나를 봐야 해요.

그가 와서

거기 어여쁜 유대여인은 누구냐?

말해보라, 이름이 무엇이냐? 묻는다면 − 라헬입니다, 전하!

이삭의 딸 라헬입니다! 라고 말할 거고,

그럼 그는 내 뺨을 꼬집겠지요.

그러고 나면 나는 어여쁜 라헬이라 불리겠지요.

그로 인해 질투심이 폭발하고,

그녀가 분노한다 해도, 그게 나와 무슨 상관이에요?

에스터:

아빠!

이삭:

왜 그러느냐?

에스터:

저기 사람들이 떼 지어 다가오고 있어요.

이삭:

어이구 큰일 났네! 난 어떻게 되는 거지?

저건 르하브암과 그의 무리들인데.

너 그래도 가겠느냐?

라헬:

아빠, 조용히 하세요!

이삭:

그럼 너는 거기 그대로 있어! 에스터는 가자!

우리 저 어리석은 애만 남겨두자.

저 불순한 무리가 오면,

저애를 범하고, 죽일지도 모르는데!

저 스스로가 원했던 거잖아.

에스터야 가자!

라헬:

아니, 아빠, 그냥 계세요!

이삭:

여전하구나! 가자, 에스터야, 가자! *(그는 간다.)*

라헬:

> 나 혼자 있기 싫어요! 내 말 들려요?
>
> 그냥 있어요! – 가네 – 오 이걸 어째, 이럴 수가!
>
> 나 혼자 있기 싫어요! 내 말 들려요?
>
> 아, 가네. – 언니! 아빠!
>
> *(그들을 급히 뒤쫓아 간다.)*

> *(국왕, 왕비, 만리케 드 라라와 시종들이 온다.)*

국왕 *(들어서면서)*:

> 백성들을 좀 더 가까이 다가오게 하시오!
>
> 그래도 나는 불편하지 않소.
>
> 나를 국왕으로 부르는 자는 수많은 사람들 중에서 나를
>
> 가장 높은 사람으로 지칭하는 것이며,
>
> 그래서 사람들은 나 자신의 한 부분이니 말이오.
>
> *(왕비에게 몸을 돌려)*
>
> 그리고 그대, 내 존재의 결코 작지 않은 부분이여,
>
> 나를 찾아 이 충직한 도시로 와 준 걸 환영하고,
>
> 톨레도의 유서 깊은 성곽으로 들어와 준 걸 환영하오.
>
> 그대 주변을 둘러보오, 그러면 그대의 가슴은 더 벅차게 뛸
>
> 것이오.
>
> 그대는 내 생명의 요람 옆에 서있음을 잊지 마오.

이곳에는 광장도, 집도, 돌도, 나무도 없고,

기념비는 어린 시절 나 로제의 것이 아니라오.

아버지를 잃고, 일찍이 어머니를 빼앗긴

어린 내가 사악한 백부 레온 왕의 광기를 피해

내 나라였는데도 적의 나라가 된

이 땅을 헤매며 도망쳐 다닐 때,

카스티야의 시민들은 마치 도둑질한 물건의 장물아비들처럼

이 도시에서 저 도시로 나를 몰래 데리고 다녔는데,

죽음이 주인과 손님을 동시에 위협했기 때문이었소.

그래서 이곳저곳이 온통 내 흔적으로 뒤덮였다오.

그때 그 신하들이, 이미 오래 전에 죽은

돈 에스테반 일란과 바로 이 사람이, 이쪽으로 오시게,

적의 권력의 꼭대기에 있던

이 사람 라라 백작 만리케가 나를 데려가

그대가 보고 있는 저쪽 집들 위로 높이 솟은

성 로만 교회의 탑 속에 숨겨주었소.

나는 그 안에서 조용히 숨어있었는데,

그들은 소문의 씨앗을 시민들의 귓속에 퍼뜨렸소.

그리고 성모승천의 날에 군중들이

교회의 정문 앞에 모였을 때,

그들은 나를 탑의 돌출된 창으로 데리고 올라가

군중들에게 나를 내보이며 아래를 향해 이렇게 외쳤다오.

여기 여러분들 한가운데에 여러분들의 국왕이,

옛 군주들의 후계자이자 그들의 권리의 후계자이며,

기꺼이 비호해주시는 여러분들의 권리의 후계자가 계십니다.

군중들은 내가 어린 아이이며 울고 있다고 말했소.

나는 쩌렁쩌렁 울리는 환호성 또한 들었소.

그것은 수염이 더부룩한 수천 명의 목구멍에서 나온 단 한
마디 말이었고,

수천 개의 칼이 군중의 손 하나에 들려있는 듯했소.

하느님은 승리를 주셨으며,

레온의 무리들은 달아나고 또 달아났소.

나는 전사 이상으로 군대의 한가운데에서 깃발을 들고

입가에 미소를 머금은 채 승리를 쟁취하면서

나라를 평정해갔소.

그들은 나를 가르치고 내 몸을 돌봤으며,

그들의 상처로부터는 내게 모유가 흘러나왔소.

그리하여 다른 군주들은 국민의 아버지로 불리지만,

오늘의 내가 있게 된 것은 그네들의 충성심 덕분이기에

나는 스스로를 국민의 아들로 부르고 있소.

만리케:

고귀하신 전하, 전하께서 오늘날 이렇게 되신 것이

전적으로 저희의 행동과 저희가 한 말의 성과라면,

저희는 전하의 감사를 받아들이고 기뻐하겠습니다.

저희의 가르침과 돌봄이

그토록 많은 명성과 업적이 되어 돌아왔다면,

전하께 감사드리는 것 또한 저희의 임무이지요.

(왕비에게)

사랑스런 눈길로 전하를 그저 바라만 봐보시지요.

스페인에는 수많은 국왕들이 있었지만

고귀한 품성에 있어 그 누구도 전하와 비교될 수 없으니까요.

나이도 이런저런 질책을 하기 좋아할 만큼 드셨지요.

저 또한 늙으니 많은 잔소리를 즐겨 하곤 하는데,

자주 자문회의에서 제 의견을 냈다가

전하의 군주다운 고상한 말씀에 압도당하곤 했지요.

저는 - 물론 잠깐 동안이지만 - 은근히 화가 나서

전하의 말씀이 분명히 잘못되었음을 비난하면서

전하에 맞설 악의적인 증거를 찾아냈지요.

하지만 저는 언제나 부끄러움을 깊이 느끼며 돌아섰지요.

저에게는 시기심이 남아있었고, 전하는 흠잡을 데가 없으셨

지요.

국왕:

아니, 아니! 스승이 아첨꾼이기도 한 거요, 라라?

우리 시시콜콜한 걸로 말싸움하지 맙시다.

내가 나쁜 사람이 아니라면 그대에게도 좋은 일이지요.

나는 정말로 부족함이 없는 사람일지라도,

이점 또한 없는 게 아닌지 적잖이 걱정이 되오.

나무가 빛을 받지 못하는 뿌리들로

깊은 땅 속에서 보잘것없는 양분을 빨아들이듯이

지혜로운 존재로 불리고,

가지들로 하늘과 무성하게 어우러져있는 나무둥치도,

부족함이라고 할 수 있는 어두운 땅 속에서

힘과 존재의 원천을 빨아올려 마시는 듯하니 말이오.

엄하지 않으면서 의로운 사람이 있었나요?

또한 온후한 사람이라고 약점이 없는 경우는 드물지요.

용감한 자는 전쟁에서 목숨을 거는 모험가가 되고,

부족함을 극복해내는 것은 인간의 미덕이며,

싸움이 없는 곳에서는 권력도 없지요.

나에게는 잘못을 저지를 시간조차 주어지지 않았소.

어린 아이 때 이미 허약한 머리 위에 투구를 썼고,

소년이 되어서는 창을 들고 말에 올랐는데,

눈은 적의 위협을 향했으며,

내게 현실의 삶을 바라볼 시선은 남아있지 않았소.

그런데 당시 나를 자극하고 유혹했던 것은 엉뚱하고 낯선
것이었소.

나는 여자들도 있었다는 걸

사람들이 교회에서 내게 여자를 주선해주었을 때 비로소 알
았고,

그녀는 정말로 누가 봐도 흠잡을 데 없는 사람이었는데,

곧장 그녀를 데리고 나와 더 뜨겁게 사랑했지요.

가끔은 칭찬 대신 용서를 받아야 할 일도 있는 거지요.

(왕비에게)

이런, 이런, 놀라지 말아요, 농담이었을 뿐이오.

밤이 되기 전에는 낮을 칭찬해서는 안 되고,

지레짐작 나쁜 쪽으로 상상해서도 아니 되지요.

우리 이제 논쟁을 벌이는 대신

주어진 짧은 시간을 푹 쉬면서 즐깁시다.

나라 안의 분쟁은 가라앉았지만

무어족이 새로이 전쟁준비를 한다는 소문인데,

아프리카로부터 친족의 지원을,

벤 유수프와 전쟁에 익숙한 그의 군대의 도움을 기대하고

있다는구려.

그러면 새로운 전쟁과 새로운 고통이 있겠지요.

우리 그때까지는 평화에 가슴을 열고

각별한 즐거움을 들이마십시다.

새로운 소식 없소? – 아 참 내가 그걸 잊고 있었구먼?

당신은 주변을 둘러보지 않는구려, 레오노르.

우리가 해놓은 것이 마음에 드는지 보지 않겠소?

왕비:

뭘 보란 말이에요?

국왕:

오, 이럴 수가, 제독!

우리가 노력은 했지만 제대로 해내지 못했구려.

우리는 몇 날 몇 주를 파내면서

오렌지만 열리고 그늘만 드리우는 이 정원을

여기 있는 내 엄한 여인이 엄한 조국인

영국을 마음에 품고 사랑하는 듯한 느낌을 갖도록

바꿔놓기를 바랐건만.

그녀는 미소만 짓고, 살며시 고개를 젓는구려. -

그들은, 영국의 녀석들은, 모두 다 그렇지.

익숙하지 않은 것으로 머리칼을 손질해주면

그들은 그것을 물리치며 고상하게 미소 짓지.

레오노르, 적어도 뜻만큼은 좋았으니,

신하들에게 감사의 말이라도 한 마디 하시오.

그들은 우리를 위해 분명 언제까지라도 애쓸 거요.

왕비:

감사해요, 고귀한 대신 여러분!

국왕:

이제 좀 다른 얘기인데!

오늘 일진이 좋지 않은가보구려. 나는 산장과 초원에서,

또한 정원 둘레에서도 당신에게 이런저런 것들로

영국적인 취향을 보여주기를 바랐건만,

일을 그르쳤소. 괜찮은 척하지 말아요, 오 여보!

그렇게 된 것이니 더 이상 그 일은 생각하지 맙시다! −

스페인 와인이 우리 스페인 주방에 풍미를 더하기에 앞서

일을 볼 시간이 한 시간 남았구려.

국경에서는 아직 사자가 오지 않았소?

우리는 적의 정보를 가까이서 접하기 위해

일부러 톨레도를 택했는데,

사자는 오지 않았소?

만리케:

전하 −

국왕:

뭐요? 어떻게 된 거요?

만리케:

사자는 왔습니다.

국왕:

아 그런데!

만리케 *(왕비를 가리키며)*:

조금 있다가.

국왕:

내 안사람은 묘안을 내고 전쟁을 하는 데에 익숙해 있고,

모든 것을 왕인 나와 함께 나누고 있소.

만리케:

그런데 사자의 전갈보다

사자 자체가 더 문제가 될 수도 –

국왕:

그게 누구요?

만리케:

제 아들입니다.

국왕:

아, 가르세란 말이구려! 어서 들어오라고 하세요! *(왕비에게)*
거기 서요!

그 젊은이가 마음에 품고 있는 사랑하는 여인을 훔쳐보기
위해

변장을 하고 여자들 방으로 몰래 들어간 것은

물론 엄청난 잘못이었지.

돈나 클라라, 고개를 들어라.

그 젊은이는 젊고 성급하지만 용감하며,

내 어린 시절의 소꿉친구란다.

화해하지 못하는 것은

경솔하게 잘못을 간과하는 것보다 더 나쁠 것이다.

또한 나는 그가 죗값을 충분히 치렀다고 생각하는데,

몇 달 전부터 그는 멀리 국경으로 추방되어 지내고 있단다.

(왕비의 손짓에 따라 시녀 하나가 자리를 뜬다.)

그 애가 가는구나. 오, 단정한 아이,

단정함 이상으로 단정하구나!

(가르세란이 온다.)

국왕:

아, 내 친구!

자네들은 어떤 상황인가?

그곳에서는 모두가 자네처럼 불안해하고,

또한 계집애처럼 소심한가?

그렇다면 우리 왕국의 방어에 문제가 있는 걸.

가르세란:

전하, 용감한 남자는 적을 두려워하지는 않습니다만,

고귀한 마님의 정당한 분노에 몹시 고통스럽습니다.

국왕:

정당한 분노라, 그렇지!

그런데 풍습과 예의범절을 갖췄다고 내가 안사람보다 덜 엄하고

덜 철저하다고는 생각지 말게.

그런데 분노와 모든 것에는 한계가 있다네.

다시 한 번 묻는데, 가르세란, 자네들은 어떤 상황인가?

적이 자네들에게 평화로 위장하고 있지는 않은가?

가르세란:

전하, 저희는 마치 모의전투를 벌이듯

양 편에 처절한 피해를 내며 결투를 벌였습니다.

평화와 전쟁은 다를 게 거의 없는데,

오로지 불신 여부에 따라 전적인 차이를 보이지요.

하지만 얼마 전부터 적은 평온을 유지하고 있습니다.

국왕:

아 그건 좋은 게 아닌데!

가르세란:

저희도 그렇게 생각하고 있으며,

적이 더 대대적인 공격을 준비하고 있으리라 믿고 있습니다.

또한 배들이 날마다 병력과 물자를

아프리카에서 카디스*로 옮겨오고 있는데,

거기에서는 정예부대가 은밀하게

모로코의 새 지배자 유수프의 군대와 연합하여

그곳에 사는 원주민들과 일전을 벌일 것이라는 소문도 있습니다.

그렇게 되면 그들의 공격은 우리를 위협해올 것입니다.

국왕:

그래, 그들이 공격해오면 우리도 다시 공격해야지.

왕이 그들을 이끌 듯 그대들은 그대들의 왕이 이끌겠네.

왕은 현실에 존재하는 하느님이고,

---

* 아프리카 모로코와 바다를 사이에 두고 인접한 스페인 남부의 항구도시.

그의 입으로 발언할 권리가 있으니,

나는 승리를 바란다고 말하겠네.

나에겐 권리가 있고 나는 하느님이기 때문이네.

다만 농부의 쓰디쓴 고통이 나를 슬프게 하는데,

그 때문에 나는 최고지도자로서 가장 가슴 아프다네.

군중을 교회에 모이게 하여

주님에게 승리를 내려주십사 간청토록 하게.

성유물들을 진열해 놓고

나가 싸우기 전에 모두가 기도를 드리는 거야.

가르세란:

소집명령 없이도 이미 전하의 말씀은 실행되었습니다.

종소리가 멀리 국경으로 울려 퍼지고,

군중은 교회로 몰려들고 있습니다.

다만 종종 그러하듯 그들의 열정이

저 이교도들에 맞서는 쪽으로 빗나가

나라 안의 거래와 수익이 산산조각 났습니다.

이미 유대인 하나가 여기저기서 학대를 당했습니다.

국왕:

그런데 자네들은 그걸 그냥 놔두고 있나? 위대한 하느님을
옆에 두고!

나를 믿고 의지하는 자는 내가 지켜줄 것이네.

그들의 믿음이 그들을 고통스럽게 하고,

그들이 하는 짓이 나를 고통스럽게 하는구려.

가르세란:

그들은 무어족의 급료를 받는 첩자들이라고 합니다.

국왕:

아무도 자신이 알지 못하는 것을 누설하지는 않으며,

나는 언제나 그들의 돈을 경멸해왔으므로

그들의 조언을 받는 것 또한 바라지 않아왔네.

앞으로 일어날 일은 기독교도도 유대교도도 아닌 나만이 알며,

그러기에 나는 자네들에게 머리를 맞대고 얘기하는 거라네 —

여자목소리 *(밖에서)*:

우리 좀 살려주세요!

국왕:

무슨 일인가?

가르세란:

전하, 저쪽에서 어떤 남자가,

유대인으로 보이는데, 정원지기에게 쫓기고 있습니다.

그의 옆에는 두 명의 소녀가 있는데, 한 여자는, 보십시오!

이쪽으로 도망쳐오고 있습니다.

국왕:

아주 잘 한 거야, 여기는 안전한 도피처고,

어떤 경우에도 털끝 하나 건드릴 사람이 없으니.

(그쪽을 향해 소리치며)

이쪽으로, 여기로!

(*라헬이 도망쳐온다.*)

라헬:

살려주세요, 저들이 나를 죽이려 해요.

저기 아빠도! 누구 도와줄 사람 없어요?

(*그녀는 왕비를 쳐다보고 그 앞에 무릎을 꿇는다.*)

오, 고귀하신 마님, 저 좀 보호해주세요,

손을 뻗어 당신의 하녀를 지켜주세요,

저는 유대여인이 아닌 노예로서 당신을 섬기겠습니다.

(*그녀는 왕비의 손을 붙잡지만 왕비는 그녀를 뿌리치며 몸을 돌린다.*)

라헬 (*일어서며*):

여기에도 구원은 없고, 도처에 공포와 죽음뿐이구나.

난 어디로 도망친단 말인가? - 아, 여기 한 남자가 서있네.

달빛 같은 눈에, 위안과 냉정의 빛을 발하며,

두르고 있는 모든 것이 전하임을 말해주네.

당신은 저를 지켜주실 수 있겠지요, 전하, 아, 그렇게 해주

시겠지요.

저는 죽고 싶지 않아요, 죽지 않을래요! 안 돼요, 안 돼, 안 돼!

(*그녀는 국왕 앞에 엎드려 그의 오른발을 움켜쥐면서 머리를 바닥에 숙*

인다.)

국왕 *(그녀가 가까이 다가오도록 놔둔다)*:

내버려두어라! 두려움에 거의 제 정신이 아니구나.

얼마나 무서웠으면 저렇게 몸서리치며 혼자서 나를 찾아왔

겠느냐.

라헬 *(몸을 일으키고)*:

제가 가진 모든 것, *(팔찌를 풀며)* 이 팔찌,

목걸이와 이 비싼 목도리,

(숄처럼 목에 두르고 있던 목도리를 풀며)

아빠가 40 파운드에 사주신 거고,

진짜 인도에서 짠 건데, 이것도 드리겠습니다.

그저 살려만 주세요, 저는 죽고 싶지 않아요!

(앞서의 자세로 돌아가 다시 몸을 숙인다)

(이삭과 에스터가 끌려온다.)

국왕:

저 사람은 무슨 잘못을 저질렀느냐?

만리케 *(모두가 침묵하는 가운데)*:

전하, 아시다시피 이런 천민에게는

왕궁을 코앞에 두고 있는 국왕의 정원으로

들어오는 것은 금지되어 있습니다.

국왕:

그래, 금지되어 있다면 내가 허락하겠소.

에스터:

그는 첩자가 아니에요, 전하, 장사꾼이에요.

그가 쓰는 편지들은 헤브라이어로 되어 있어요.

아랍어도 아니고, 무어어도 아니에요.

국왕:

믿어주지, 믿어주마! *(라헬을 가리키며)* 그런데 이 여자는?

에스터:

제 동생이에요!

국왕:

그 애를 부축하여 데리고 가거라.

라헬 *(에스터가 그녀에게 다가온다)*:

안 돼요, 안 돼요!

저들이 저를 붙잡아서, 밖으로 끌고 가서,

저를 죽여요!

(양손으로 풀어놓은 장신구를 가리키며)

여기 제 몸값이에요.

저는 여기에 머물러 잠 좀 자고 싶어요.

(뺨이 국왕의 무릎에 기대어있다)

여기는 안전하고, 여기서는 편히 쉴 수 있는 걸요.

왕비:

당신 가지 않을 거요?

국왕:

보다시피 난 붙잡혀있소!

왕비:

당신은 붙잡혀있지만 난 풀려나있어요. 나는 가요.

(시녀들과 함께 퇴장한다.)

국왕:

또 그 짓거리로군! 저네들은 정숙한 행동으로

자신들이 멀리하고 싶은 것이 무엇인지를 보여주지.

(라헬에게 엄하게) 너에게 말하노니, 일어나라! – 저 여자애에

게 목도리를 둘러주고

돌아가게 하라.

라헬:

오 전하, 잠깐만요 –

팔다리가 마비되어서 – 걸을 수가 없어요.

(양 팔꿈치를 무릎에 올려놓고 손으로 머리를 받친다.)

국왕 *(뒤로 물러서며)*:

그런데 저 여자애는 평소에도 늘 저렇게 겁에 질려 있느냐?

에스터:

오, 아니에요!

동생은 바로 조금 전에 오만불손해져서

전하를 뵙겠다고 고집을 부렸습니다, 전하.

국왕:

나를?

아주 비싼 대가를 치렀구나.

에스터:

동생은 평소에는 집에서

장난이나 치고, 사람이나 개와 놀고,

우리가 좀 심각하게 있으면 우리를 웃기지요.

국왕:

그렇다면 나는 저 애가 기독교도였으면 좋겠다는 생각이며,

또한 적잖이 지루한 이곳 궁정에서

약간의 장난 정도는 우리에게 도움이 되지 않을까 한다.

이봐, 가르세란!

가르세란:

존엄하신 국왕폐하.

에스터 *(라헬과 씨름하며)*:

일어나! 일어나!

라헬 *(몸을 일으키면서 에스터에게서 목걸이를 풀어 자기 것 옆에 놓는다)*:

언니가 갖고 있는 것도 이리 줘.

그건 내 몸값이야.

에스터:

그럼 할 수 없구나.

국왕:

이 모든 것을 어떻게 생각하는가?

가르세란:

저 말입니까, 전하?

국왕:

빈말 하지 말고 솔직히 말해주게! 자네는 훌륭한 전문가니까.

내가 많은 여자들을 보아온 건 아니지만

이 여자는 예뻐 보이는구려.

가르세란:

예쁘고 말구요, 전하!

국왕:

그럼 마음을 단단히 먹게. 자네가 저 여자를 안내해야 하니까.

라헬 *(부상한 무릎으로 고개를 숙인 채 팔소매를 걷어 올리면서 무대 가운데*

에 서있다.):

내가 팔찌를 차고 있네. – 에구, 네가 나를 무겁게 짓누르는

구나.

목걸이도 – 이것도 아직 여기 매달려있네.

목도리를 두르는 건 너무 무겁고 더워.

국왕:

저 여자를 집으로 데려다 주게!

가르세란:

하지만 전하, 저는 두렵습니다만 –

국왕:

　뭐가?

가르세란:

　사람들이 흥분하면 –

국왕:

　자네 말이 틀리진 않네.

　왕의 말 한마디로 충분히 막을 수는 있지만,

　빌미가 되는 일은 모두 피하는 게 좋지.

에스터 *(라헬의 목 주변 옷매무새를 고쳐주며)*:

　옷이 왜 이렇게 뒤틀리고 찢어진 거야.

국왕:

　우선 그 애를 정원 주변에 있는 가게들 중 한 곳으로 데려

　가게.

　그리고 저녁이 오면 –

가르세란:

　알겠습니다, 전하!

국왕:

　어떤가? 그래 그렇게 하게!

　너희 아직 갈 준비 안 됐느냐?

에스터:

　저희 다 됐습니다, 전하.

국왕:

그리고 저녁이 되어 사람들이 돌아다니므로

그들을 조심스레 집으로 잘 데려가게.

가르세란:

가자, 아름다운 이교도 여인!

국왕:

이교도 여인? 장난도 참!

에스터: *(막 떠나려는 라헬에게).*

너는 그렇게 많은 호의를 베풀어주신 전하께 감사도 드리지

않니?

라헬 *(여전히 기진맥진한 상태로 국왕을 향해 몸을 돌려).*

전하, 전하의 막강한 보호에 감사드립니다!

오, 제가 미천한 존재가 아니었으면 좋을 텐데,

(손으로 목을 받쳐 올리는 시늉을 하며)

이 목이 교수형으로 잘려버렸으면,

이 가슴이 전하의 적에 맞서는 방패가 되었으면 –

하지만 전하는 원치 않으시는군요.

국왕:

예쁜 방패로구나!

그래서 하느님이 함께하시겠구나. 그런데 – 가르세란,

(더 조용히) 나는 여기 이 내 피보호자가

추근거리는 진한 농담에 의해

모욕을 느끼고, 불쾌해지는 것을 원치 않네. –

라헬 *(손을 이마에 대고)*.

　　저는 갈 수 없어요.

국왕 *(이때 가르세란이 그녀에게 팔을 내밀려 한다.)*:

　　팔은 뭐하려고? 언니가 데리고 가도록 하게.

　　이봐, 늙은이, 자네는 자네의 딸이나 지키고,

　　세상은 험악하니 자네의 소중한 여자나 지키게.

　　　　(라헬과 그 가족이 가르세란에 이끌려 퇴장한다.)

국왕 *(그들의 뒤를 바라보면서)*.

　　저애는 여전히 비틀거리는군. 저애는 온통

　　새로운 파도가 끝없이 밀려드는 공포의 바다야.

　　(발을 대딛으면서)

　　저애가 내 발을 그토록 꼭 움켜쥐어

　　아플 정도였지. ─ 지극히 별난 기분이었는데,

　　소심한 남자는 멸시당하는 게 당연하고,

　　여자라는 족속은 취약할 때 비로소 강하게 나오지.

　　아, 제독, 뭐 할 말 없소?

만리케:

　　전하, 저는 전하께서 방금 제 아들을

　　부드러우면서도 엄하게 벌주셨다고 생각합니다.

국왕:

벌을 주었다고?

만리케:

제 아들을 그 천민들의 보호자로 내세우시면서 말입니다.

국왕: 친구여, 나는 그 벌은 그다지 엄한 건 아니라고 생각하네.

나는 여자들에 대해 많이 물어보지 않았거든.

(시종들을 가리키며)

하지만 이 사람들은 좀 다른 생각일지도 모르지.

자 이제 이런 혼란스런 생각들은 떨쳐버리세!

마시러 가자구, 난 실컷 취해보고 싶구려.

잔치 같은 흥겨운 날에 첫 잔을 마시면서는

누구나가 – 생각하고 싶은 것을 떠올리지.

여기는 계급이 없네! 자 어서! 앞장서! 앞으로!

(조신들이 양쪽으로 정렬하여 서있는 가운데 왕이 그 사이를 통과하여 퇴장하고, 막이 내린다.)

2막

정원의 일부. 짧막한 무대. 오른쪽에는 발코니와 문이 달린 정원별채가 있는데,

그 문으로는 여러 계단을 통해 올라가도록 되어 있다.

가르세란이 문 밖으로 나오면서

가르세란:

> 이렇게 나는 우선당장은 위기에서 벗어났어.
>
> 그 여자는 예쁘긴 한데 바보야.
>
> 그리고 사랑은 바보 같은 것이기에 바보 같은 여자는
>
> 교활하기 짝이 없는 여자보다 더 위험하지는 않지.
>
> 나아가 필요한 것은 내 훌륭한 명성과
>
> 돈나 클라라 — 침묵했던 모든 사람들 중 가장 입이 무거운
>
> 여자였던 —
>
> 그녀에 대한 내 열정을
>
> 명예 회복시키는 건데, 그건 아직 시간이 있지.
>
> 현명한 자는 위험에서 벗어나는 것을 승리라고 부르지.

(국왕의 시종이 온다.)

시종:

가르세란 어르신!

가르세란:

> 아, 로베르트! 무슨 일인가?

시종:

> 국왕폐하께서 제게 어르신이 아직 피보호자들과 이곳에 함
> 께 계신지
> 살펴보라는 명을 내리셨습니다.

가르세란:

> 우리가 아직 이곳에? 국왕께서 명을 내리셨다 – 아, 이보게,
> 자네는 내가 저 위에 있는지 살펴야 하지 않나?
> 그 소녀는 정원별채 안에 있고
> 나는 여기 밖에 있다고만 말씀드리게.
> 국왕께는 그것으로 충분할 걸세.

시종:

> 국왕폐하께서 손수 여기로 오시다니!

가르세란:

> 아, 전하!

(국왕이 외투를 두르고 오며, 시종은 간다.)

국왕:

> 이보게, 친구,

아직도 여기에 있나?

가르세란:

전하께서 손수 명하셨잖아요,

저녁 어둠이 내릴 때가 돼서야 –

국왕:

물론, 물론이지! 하지만 좀 더 곰곰이 생각해보니

자네들이 밝은 낮에 가는 게 더 좋을 것 같구려 –

자네는 대담한 행동에 더 적합한 사람이지.

가르세란:

전하께서 그렇게 생각하신다면 –

국왕:

나는 자네가 왕의 말을 존중한다고 생각하는데,

내가 보호해 준 것이 괴로움을 당하지 않기를 바라네.

습관이야말로 인간을 조종하는 것이지만

어쩔 수 없이 우리의 의지대로 하는 일이 자주 있지.

그러니 지금 바로 가게.

그런데 자네가 보호하고 있는 사람은 어떻게 하고 있나?

가르세란:

그 소녀는 처음에는 엄청나게 많이 울었는데,

흔히 시간이 위안을 가져다준다고들 말하듯

이곳에서도 마찬가지로 처음의 두려움은 사라지고,

쾌활함이, 그 장난끼가 다시 살아났습니다.

그러더니 그녀는 반짝이는 가구를 바라보았고,

비단 카펫을 보고 놀라워했으며,

팔로 커튼 천을 재보았는데,

이제 차분한 상태가 되어 조용히 있습니다.

국왕:

그 애는 고향을 그리워하는 듯이 보이던가?

가르세란:

거의 그런 것 같은데, 이따금은 그렇지 않은 듯도 했습니다.

하지만 마음 아파하는 것을 쉽게 드러내지는 않습니다.

국왕:

자네는 습관대로 미끼의 말을 던지는 일도

게을리 하지 않았겠지?

그녀가 어떻게 받아들이던가?

가르세란:

예, 전하, 저는 그다지 기분 나쁘지는 않았습니다.

국왕:

거짓말을 하고 있군! – 자네 실제로는 몹시 기뻐하잖나, 이
사람아!

자네는 맑은 하늘을 새처럼 날아다니다가

산딸기가 유혹하는 곳으로 내려앉아

그것을 첫눈에 찾는 법을 알고 있지.

나는 왕이며 내 말이 사람들을 두렵게 하지만,

내가 어떤 여자와 처음으로 마주하게 되면

나 자신이 두려워할 걸세.

자네는 그럴 때 어떻게 하나? 내게 좀 가르쳐주게.

나는 그런 일에서는 초보자라네.

키만 큰 어린애보다 나을 게 없지.

그럴 때는 한숨을 쉬어야 하나?

가르세란:

에이, 전하, 그건 케케묵은 방법 같은데요!

국왕:

그럼 바라보았다면? 늠름한 숫거위는 귀여운 암거위가

다시 쳐다볼 때까지 쳐다보지. 그렇지 않은가?

그런 다음 자네는 라우테를 손에 들고

여기에서처럼 발코니 맞은편에서,

격정적으로 노래를 부르고,

달은 희미한 뚜쟁이가 되어 나무 사이를 비추고,

꽃대들이 달콤한 도취의 향을 풍기는 사이

마침내 운 좋은 순간이 나타나는데,

아비인지, 오빠인지, ─ 아니면 남편인지가

쭉 뻗은 오솔길로 집을 나서고,

이제 몸종이 그녀에게 쉿! 하고 나지막하게 신호를 하지.

그때 자네는 안으로 들어가서 자네 여인의 따스한 손을 붙들고,

무덤처럼 어두운 복도를 지나 끌고 가면서,

소망은 끝없이 높아가고,

마침내 용연향내음과 희미한 불빛이 틈새로 밀려들어오면서

사랑스런 목적지에 도달했다는 표시를 보이지.

문이 열리고, 촛불들이 밝게 빛나는 가운데,

열망해온 자네의 여인은

검은 비단 천으로 사지를 휘감고,

하얀 팔에는 진주 팔찌를 두른 채

다소곳이 숙인 머리를 기대는데,

머리칼은 금빛이고 - 아니지, 검지! -

까마귀 머리칼이지 - 그리고는 계속하여!

가르세란, 자네는 내가 배우는 능력이 뛰어나다고 생각할 걸.

그리고 이런 일에서는 모두 다 똑같지.

기독교도 여인이든, 무어여인이든 - 유대여인이든.

가르세란:

무어여인들은 우리 전사들이 국경에서

철저히 추방해야 하고, 유대여인은, 전하 -

국왕:

자네 식성이 좀 까다로운 사람이로군!

장담하는데, 저 위에 있는 저 소녀가 자네에게

눈길 한 번만 준다면,

자네는 불꽃처럼 타오를 걸세.

나야 저런 천민들을 좋아하지 않지만

그들이 볼품없게 된 것은 우리 소행이라는 건

잘 알고 있네.

우리는 그들을 마비시키고는,

그들이 절룩거릴 때 화를 내지.

또한 가르세란, 정착하지 못하고 도망 다니는

이들 유목민의 혈통 속에는 위대한 점이 있다네.

오늘날의 우리와는 달리 그들의 혈통은

신성이 천국에서 어떤 사람에게나 똑같이 작용하고,

지의 천사가 아브라함에게 초대받아

심판자가 되고 유일신의 법이 되었던

창조의 시초에까지 거슬러 올라간다네.

모든 동화세계와 함께,

카인과 아벨에 관한 진실, 레베카의 지혜에 관한 진실,

라헬에게 시중들며 구혼한 야곱에 대한 진실 또한 −

그 소녀 이름이 뭐더라?

가르세란:

전하, 저는 무슨 말씀인지 모르겠는데요.

국왕:

에이!

지배자의 지팡이를 자신의 아내이자 유대여인인

에스더*에게 뻗쳤으며,

그녀 가족의 수호신이었던 아하스베루스**에 대해 말하는 거야.

그래서 그리스도교도든 회교도든 이 가장 오래된 최초의 민족을

시조로 하여 족보가 시작된다네.

그리하여 우리가 그들을 의심하는 것이 아니라

에서***와 같이 그들 민족의 권능을 우리가 헛되이 할까봐

그들이 우리를 의심하는데,

우리가 죄악과 악행으로 주님을

날마다 열 번 괴롭히는 반면

저네들은 단 한 번만 괴롭혔지.

이제 우리는 가세! 자네는 더 있게!

그들을 데리고 가서 집을 알아놓게.

걱정이 되면 언제 한번

그들을 찾아가 그들에게서 기분 좋게 감사의 말을 듣게 될지도 모르니까.

(막 떠나려는데 집안에서 소란한 소리가 들려 멈춰 선다.)

---

* 구약성서의 에스더서에 나오는 주인공 유대여인으로 페르시아제국의 왕 아하스베루스 (재위기간 기원전 485~465년) 왕후이다. 권신 하만이 페르시아 영내의 유대인들을 학살하려는 음모를 꾸미자 이를 저지하여 동족을 구한 여인으로 가톨릭에서 성인으로 공경하고 있는 인물이며, 개신교에서도 높이 평가하고 있다.

** 형장으로 가는 예수를 자기 집 앞에서 쉬지 못하게 하고 욕설을 한 죄과로 예수의 재림시까지 세상을 유랑하게 된 유대인으로 일명 '떠도는 유대인'으로 알려져 있다. 오늘날까지 예수를 알지 못하여 고향과 뿌리를 잃고 떠도는 유대인의 운명을 상징하는 전설적 인물이 되고 있다.

*** 구약성서 창세기 25:21에 나오는 남자이름으로 이삭의 큰아들이자 야곱의 형.

무슨 일인가?

가르세란:

집안에서 나는 소리입니다.

저들은 전하가 하신 칭찬이 거짓말이라고 비난하는 듯합니다.

그래서 자기들끼리 다투고 있지요.

국왕:

(집 쪽으로 걸어가면서)

무슨 일로 다투느냐?

(이삭이 정원별채에서 나온다.)

이삭 *(뒤에 대고 말하면서)*.

그렇게 남아서 목숨 걸고 놀아봐라!

너희한테 이미 일은 닥쳤어. 나는 살아야겠구나.

국왕:

무슨 일인지 물어보게!

가르세란:

이보게, 무슨 일인가?

이삭 *(가르세란에게)*.

아, 어르신은 우리를 보호해주시는 귀한 분이군요.

제 딸 라헬이 어르신 얘기 많이 하고 있습니다.

그 애가 어르신을 좋아하고 있지요.

46

국왕:

쓸데없는 말 그만하고! 무슨 일로 말다툼을 –

이삭:

저 분은 누구시지요?

가르세란:

상관할 것 없네. 말해보게.

저 위에서 나는 소란한 소리는 어떻게 된 건가?

이삭 *(위쪽 창문을 향해 말하며)*:

그래, 이제 곧 너희에게 일이 닥칠 거다. 조금만 기다려라.

(가르세란에게) 어르신은 제 딸 라헬이

울고, 한탄하고, 가슴을 치고,

반쯤 정신이 나간 걸 손수 보셨지요.

아 그런데, 어르신, 이걸 어쩌지요!

저애가 위험에서 벗어났다는 걸 알게 되자

곧장 그 고질적인 오만불손함이 다시 살아났습니다.

웃고, 춤추고, 노래하고, 다시 반쯤 미쳐서,

성스러운 집기를 밀쳐버렸으며,

들으시다시피 죽음을 면했다고 야단법석을 떨고 있지요.

저애가 허리띠에 열쇠꾸러미를 차고 있지 않겠어요?

그런데 어르신, 그걸로 벽을 따라 서있는 장롱들을

모조리 열어젖히고 있지요.

거기에는 온갖 종류의 옷들이 걸려 있더군요.

국왕 곁의 거지, 천사, 악마가

각양각색으로 다채롭게 차려입은 듯 –

국왕 *(살짝 웃으면서 가르세란에게)*:

지난번 사육제극에 대한 얘기로군.

이삭:

저애가 거기서 깃털장식이 된 – 순금이 아니라 금을 입힌 양철로 만든,

무게로 보아 20 헬러* 어치는 됨직한 –

왕관 하나를 골라내어 쓰고,

질질 끌리는 옷을 어깨에 걸치고는

자기가 왕비라고 말하는 겁니다. *(뒤에 대고 말하면서)* 그래, 이 바보야!

마지막에는 – 옆방에 우리 국왕님의 사진이 걸려 있는데,

하느님이시여, 국왕님을 지켜주소서!

저애가 그 사진을 벽에서 떼어내어 이리저리 들고 다니고 있으며,

그게 자기 남편이라고 말하고, 달콤하게 말을 걸면서

가슴에 꼭 끌어안고 있습니다.

(왕은 힘찬 발걸음으로 정원별채를 향해 걸어간다.)

---

* 옛 오스트리아의 은화로 1924년까지 사용되었다.

가르세란:

> 존엄하신 전하!

이삭 *(뒤로 물러나면서)*:

> 이걸 어쩌나!

국왕 *(계단에 올라서면서, 조용한 목소리로)*:

> 그 장난질을 가까이에서 보고 싶구나.
>
> 게다가 너희가 집으로 돌아갈 시간도 다가오니,
>
> 귀한 시간을 놓치고 싶지 않구나.
>
> 노인장도 들어가구려! 나 혼자서,
>
> 아무도 지켜보지 않는 가운데 그대의 아이들에게 다가가기
>
> 는 싫소.

> *(국왕이 집안으로 들어간다.)*

이삭:

> 저 분이 국왕님이셨나요? 이걸 어째!

가르세란:

> 들어가기나 하게!

이삭:

> 저 분이 칼을 **빼면**, 우리 모두는 목이 날아가는데!

가르세란:

> 들어가기나 해! 걱정해야 할 사람은

내가 염려하는 그대의 딸이 아니라

바로 그대라네.

(그는 주저하는 이삭을 문으로 밀어 넣고 뒤따른다. 두 사람 퇴장.)

정원별채의 홀. 뒤쪽 왼편으로 문이 있고, 앞쪽 오른편으로 두 번째 문이 있다.

라헬이 머리에 깃털왕관을 쓰고 금으로 수놓인 망토를 어깨에 두른 채 오른쪽 옆
방에서 안락의자를 끌고 오느라 애쓴다. 에스터가 중앙출입구를 통해 들어선다.

라헬:

안락의자를 여기로 가져와서, 여기 가운데에 놓아야 해.

에스터:

제발, 라헬, 앞을 좀 봐,

네 막나니 짓이 우리를 불행으로 처넣고 있어.

라헬:

국왕께서 우리에게 집을 마련해주셨으니,

우리가 사는 동안은 우리 집이야.

(그들은 의자를 가운데로 민다.)

라헬 *(자기모습을 보며).*

그리고 내 이 긴 옷자락도 잘 어울리지, 그렇지 않아?

또한 내가 머리를 끄덕이면 깃털들도 끄덕이지.

그런데 아직 한 가지가 없는데, 잠깐 기다려, 내가 가져올게.

(그녀는 옆문으로 다시 들어간다.)

에스터:

오, 우리가 멀리 떠나 있으면 좋으련만, 집에만 가있다면.

아빠도 저애가 쫓아내어 여기에 안 계시니.

라헬 *(액자를 하지 않은 사진 한 장을 들고 다시 온다.)*

이건 액자에서 빼낸 국왕의 사진인데

내가 가져가야지.

에스터:

또 다시 그 바보짓을 하는 거니?

내가 얼마나 자주 주의를 주었는데!

라헬:

내가 언니 말 들은 적 있어?

에스터:

그건 절대로 안 돼.

라헬:

이번에도 언니 말대로는 안 될 걸.

이 사진이 맘에 들어.

봐, 너무 멋지잖아.

나는 이걸 방 안 침대 머리맡에 걸어둘 거야.

나는 아침저녁으로 이 사진을 바라볼 거야.

내 생각에는 - 다들 똑같이 생각하겠지만

옷의 무게를 털어내 버리면

온갖 고통스런 압박에서 벗어나는 느낌이 드는 것 같아.

그런데 그들은 내가 그 사진을 훔쳤다고 생각하지는 않겠

지. -나는 부자고 훔칠 필요가 없으니까. -

언니는 목에 내 사진을 걸고 있는데,

우리 그걸 여기 다른 쪽에 걸어놓는 거야.

그는 내가 그의 사진을 보듯 내 사진을 볼 거고,

나를 기억할 테니 잊는 일은 없겠지.

걸상 좀 내게 밀어줘, 나는 왕비니,

의자에 국왕을 붙여 놓아야지.

강제로 사랑을 하게 만드는 마귀들에 대한 얘기가 있지.

그들은 바늘로 밀랍인형을 찌르는데,

찌를 때마다 바늘이 심장에까지 뚫고 들어가

실제로 살아있는 생명체로 되는 것을 방해하거나 촉진시킨

다는 거야.

(그녀는 사진의 네 귀퉁이에 바늘을 꽂아 의자 등받이에 붙인다.)

아 이 바늘을 꽂을 때마다 피가 나오면 좋으련만,

나는 그것을 목마른 입술로 마시면서

내가 만들어낸 재앙을 즐길 거야.

이제 사진이 걸리고 그가 입을 다물고 있으니,

나는 망토를 걸치고 왕관을 쓴

왕비로서 그에게 말을 걸어야지.

(그녀는 걸상에 앉아 앞에 있는 사진을 바라본다.)

이 파렴치한 남자여, 정직한 모습을 보이소.

나는 당신의 모든 술수를 잘 알고 있소.

그 유대여인이 당신 마음에 들었는데도 부인만 하다니!

그리고 솔직하게 말하는데,

그녀는 나와 견줄 만큼 아름답소.

(국왕은 가르세란과 이삭이 뒤따르는 가운데 걸어와서 의자 뒤에 서며, 두 팔

을 등받이에 올려놓고 그녀를 바라본다.)

라헬 *(얘기를 계속하며).*

그런데 이제 나는 당신의 왕비로서 족제비처럼

질투심이 나서 못 참겠어요.

당신이 침묵하면 당신의 죄만 커지는 거예요.

고백하세요! 그 여자가 맘에 들었지요? 그렇다고 말해요!.

국왕:

아, 그래!

(라헬이 몸을 움찔하며, 사진을 바라보다 위족을 보고 국왕임을 알아차리고는

꼼짝 않고 의자에 앉아있다.)

국왕 *(앞으로 나서며):*

> 너는 내가 온 게 두려우냐? 네가 원했으면서도 말이다.
>
> 기운을 내라, 너는 안심해도 되느니라.

(그는 그녀에게 손을 내밀고, 그녀는 의자에서 일어나 오른쪽 문을 향해 달아
나 숨을 깊게 쉬며 고개를 숙이고 서있다.)

국왕:

> 저 아이는 수줍음을 많이 타느냐?

에스터:

> 늘 그런 건 아닙니다, 전하.
>
> 그리고 수줍어하는 게 아니고 무서워할 뿐입니다.

국왕:

> 내가 그렇게 무서우냐?
>
> *(그녀에게 다가가며)*

라헬 *(머리를 세차게 내젓는다.)*

국왕:

> 그렇다면 진정하렴, 착한 아이야.
>
> 그래, 다시 한 번 말하는데, 네가 맘에 드는구나.
>
> 나는 내 명예와 의무가 나를 불러들인
>
> 이 성스런 전쟁을 끝내고 돌아가게 되면,
>
> 아마도 톨레도에서 너에 대해 물어볼 것이다.
>
> 너희는 그곳 어디에 사느냐?

이삭 *(재빨리)*:

　전하, 유대인거리에 있는

　벤 마태의 집입니다.

에스터:

　그 전에 우리가

　쫓겨나지 않는다면요.

국왕:

　약속하마!

　나는 보호할 가치가 있다고 여기는 사람을 보호할 줄 아느
　니라.

　그래서 네가 거기에서 지금처럼 수줍어하지 않고,

　전에 네 가족과 그랬던 것처럼

　그렇게 수다를 떨면서 기분좋아한다면,

　나도 한 시간 정도는 잡담을 하며

　궁정에서 벗어나 자유로운 공기를 들이마시겠노라.

　하지만 이제 시간이 되었으니 거거라.

　가르세란 자네가 그들을 데리고 가게.

　그런데 이 사진 먼저 제 자리에 다시 걸어놓게.

라헬 *(의자로 돌진해가며)*:

　그 사진은 제 것이에요.

국왕:

　무슨 엉뚱한 말이냐?

네가 꺼낸 것이니 다시 액자에 넣어야지.

라헬 *(가르세란에게):*

바늘들을 건드리지 마세요, 이 사진도.

그렇지 않으면 난 더 깊이 찔러 박아놓을 거예요.

(바늘을 사진에 대면서) 보이지요? 바로 심장을 뚫고 들어가는 게.

국왕:

멈춰라! 이런!

네가 나를 경악케 하는구나. 너는 누구냐?

너는 비밀스런 요술로 못된 짓을 하고 있구나?

나는 사진에 박힌 그 바늘이

실제로 내 가슴을 찌르는 걸 느꼈노라.

에스터:

고귀하신 전하,

저애는 그저 응석받이로 버릇없이 자란 아이일 뿐이며,

해서는 안 될 요술에 대해서는 알지 못합니다.

저애는 그저 떠오르는 생각대로 행동했을 뿐입니다.

국왕:

그래도 저런 불손한 장난을 쳐서는 안 되지.

내 두 눈까지 찔러 피를 흐르게 하면,

내가 어떻게 일그러진 시선으로 사물을 보겠느냐.

(가르세란에게)

저 아이는 아름답지 않은가?

가르세란:

아름답습니다, 국왕 전하.

국왕:

어쩌면 저렇게 출렁이고 나부끼고 이글거리고 빛나는지.

(그 사이 라헬은 사진을 떼어내어 돌돌 만다.)

국왕:

너 그 사진 그대로 두지 못하겠느냐?

라헬 *(에스터에게):*

나 이거 가져갈 거야.

국왕:

그럼 하느님을 믿고 마음대로 하라!

불행이 닥치게 되면 하느님이 막아줄 것이다.

다만 급히 떠나라.

가르세란, 뒤쪽으로 정원을 통과해 나가는 길을 택하게.

사람들이 흥분되어 있네. 그들은 약한 자들로

더 약한 자에게서 연약함을 시험해보는 걸 좋아하지.

가르세란 *(창가에서):*

하지만 보시다시피 전하, 그들이 정원에 바짝 다가와 있습
니다.

왕비께서 수행원들의 맨 앞에 서시고.

국왕:

이쪽으로? 빌어먹을! 여기에 다른 출구는 없는가?

나는 저 무리들이 마음대로 해석하는 게 싫네.

가르세란 *(옆문을 가리키며).*

아마도 이 방으로 들어가시면.

국왕:

무슨 생각 하는 거요!

나보고 내 종들 앞에서 몸을 숨기라고?

그런데 나는 왕비의 고통이 두렵소.

왕비가 생각할 수 있으면 좋으련만 – 내가 무슨 생각을 하는지.

나는 흔들리는 왕의 존엄성을 지켜야겠소.

이보게, 할 수 있는 한 빨리 왕비를 멀리 떼어놓게.

(그는 옆방으로 들어간다.)

에스터:

내가 말했지. 이건 불행으로 가는 길이라고.

(왕비가 만리케 드 라라와 여러 시종들이 뒤따르는 가운데 들어선다.)

왕비:

국왕께서 여기 위에 계신다는 얘기가 있던데.

가르세란:

계셨다가 가셨습니다.

왕비:

그런데 그 유대여인은 여기에 있구려.

만리케:

정신 나간 미치광이처럼

인형놀이에 쓰는 온갖 싸구려 것들로 치장하고 있구나.

너에게 어울리지 않는 그 왕관을 벗어라.

농담하는 것 아니니 어깨에 걸친 그 망토도!

(에스터가 그녀에게서 왕관과 망토를 벗긴다.)

손에 쥐고 있는 건 무엇이냐?

라헬:

이건 내 것이에요.

만리케:

뭔지 한 번 보아야겠다.

에스터:

우리는 낯선 물건에 손을 뻗칠 만큼

가난하지 않아요.

만리케 *(옆문 쪽으로 걸어가며).*

저쪽 방안도 살펴봐야겠다.

없어진 것은 없는지,

탐욕스러움이 여기에서와 같은 오만불손함과 연결되어 있
는지를.

가르세란 *(그를 따아서면서)*:

아니, 아버지, 제발 멈추세요!

만리케:

너 나를 몰라보는 거냐?

가르세란:

제가 어떻게 아버지를. 하지만 아시다시피

부권 앞에서도 균형을 유지해야 하는 의무는 있지요.

만리케:

내 눈을 들여다보아라!

나는 견딜 수가 없다.

이렇게 오늘은 내가 아들 둘을 빼앗기는 날이구나.

(왕비에게)

가지 않으시겠습니까?

왕비:

가고 싶지만 갈 수가 없네.

그보다는 가야만하기 때문에 맹세코 갈 수 있지.

(가르세란에게) 그대의 직무가 기사에게 썩 잘 어울리지는 않

지만

그것을 충실히 수행하는 데 대해 감사하네.

죽음을 보게 될지도 모르지만 - 나는 견딜 수 있네.

그대가 저녁이 되기 전에 전하를 또 만나게 되면,

나는 톨레도로 – 혼자서 – 돌아갔다고 말해주게!

(왕비와 시종들 퇴장.)

가르세란:

> 그러면 이날의 불행한 사태가
>
> 틀림없이 나를 곧장 오늘 군대를 떠나 집으로 돌아가도록
>
> 하겠군.

라헬 *(자신과 씨름하느라 애쓰는 에스터에게)*:

> 나는 죽어도 물러서지 않을 거야.

에스터 *(가르세란에게)*:

> 이제 우리 좀 데려다 주세요, 제발요.

가르세란:

> 먼저 국왕의 뜻이 어떠신지 여쭤보고.
>
> *(옆문을 두드리며)*
>
> 전하! – 무슨 일이라도? – 기척이 없으시니! –
>
> 사고라도? – 늘 그랬던 것처럼 제가 문을 열겠습니다.

(국왕이 문밖으로 나와 앞에 서고, 다른 사람들은 뒤로 물러선다.)

국왕:

세상의 명예와 명성은

평범한 발걸음으로 가치 있는 방향과 목적지를 결정하는

평탄한 길이 아니니라.

요술쟁이가 펼쳐놓은 밧줄 위에

잘 못 들어섰다가 높은 곳에서 떨어져내려

비틀거리면서 웃음거리가 되지 않는가?

어제까지도 온갖 훈육의 모범이었던 내가

오늘은 모든 하인들의 시선을 두려워할 수밖에 없지 않은가?

그럼 너, 총애받기를 갈구하는 정부인 너는 알아서 떠나라!

우리가 갈 길은 우리가 정하겠다.

(돌아서면서)

아니, 자네들은 아직도 여기에 있는가?

가르세란:

저희는 명령을 기다리고 있습니다.

국왕:

자네가 계속해서 명령을 기다리며

저 먼 국경에 머물고 있었다면 좋았을 텐데.

자네의 사례는 다른 사람들에게 전염될 수 있네, 가르세란.

가르세란:

올바른 군주들은 모든 잘못을 벌하지요.

자기 자신의 잘못까지도.

그러나 자신의 잘못을 벌하지 않는 경우,

자기 가슴 속의 분노를 종종 다른 사람들에게 풀지요.

국왕:

나는 그런 군주가 아니네, 가르세란, 입 다물게!

우리는 이전처럼 변함없이 자네에게 호의를 갖고 있네.

하지만 이제 이 사람들을 데려가게, 그것도 영원히.

군주에게 다른 마음이 있는 것은 잘못이네.

(그때 라헬이 국왕에게 다가온다.)

내버려 두게! 하지만 이 사진만은 빼앗아서

본래 있던 곳에 다시 붙여놓게.

내가 그러길 원하네. 그러니 머뭇거리지 말게.

라헬 *(에스터에게)*:

그럼 같이 가.

(두 사람은 옆문으로 다가간다.)

내 사진 여전히 목에 걸고 있지?

에스터:

너 뭘 하려는 거니?

라헬:

내가 바라는 걸. 그게 최악의 것일지라도.

(그들은 옆문으로 들어간다.)

국왕:

그럼 국경으로 돌아가게, 나는 곧 따라가겠네.
우리는 서로 똑같이 나눠 받은 오늘의 치욕을
무어족의 피로 씻어내어
다시 사람들의 시선을 견딜 수 있도록 하세.

(소녀들이 돌아온다.)

라헬:

> 다 됐습니다.

국왕:

> 인사도 없이 떠나는구나.

에스터:

> 저희의 감사를 받아주십시오, 전하.

라헬:

> 내 감사는 받지 마세요.

국왕:

> 그렇다면 감사를 하지 않겠다는 건데.

라헬:

> 나는 그것을 미뤄두겠어요.

국왕:

> 그 말은 안 하겠다는 거로구나.

라헬:

그건 내가 더 잘 알지요. *(에스터에게)* 가자!

(그들은 가르세란을 따라 나가고, 이때 가르세란은 몸을 깊이 숙여 인사한다.)

국왕:

저 아이는 제때에 잘 갔어.

정말이지 궁정의 지루함은

이따금 잠깐씩 심심풀이를 필요로 하지.

그런데 저 여자애는 아름답고 매력적이긴 하지만,

저돌적인 가슴과 격정적인 감각을 지닌 듯하여

현명한 사람이라면 당연히 조심하게 되지.

알론소!

(하인 하나가 들어온다.)

하인:

전하 –

국왕:

말들을 준비하게.

하인:

전하, 톨레도로 가시려고요?

국왕:

알라르코스로 가겠다.

우리는 국경으로, 전쟁을 하러 가니,

가장 필요한 것만 준비하라.

톨레도에서는 네 개의 눈이 나를 위협하고 있지.

물이 가득 찬 두 개의 눈과 불이 가득 찬 또 다른 두 개의 눈이.

그 애는 내 사진을 내놓으려 하지 않았는데,

죽음까지도 견뎌내겠다는 듯했지.

하지만 필요한 건 내 엄한 명령의 말뿐이었고,

그리하여 그 애는 그것을 다시 제자리에 걸어놓았지.

한바탕 연기였을 뿐 아무것도 아니었어.

그런데 그 애가 사진을 액자 속에 끼워 넣기까지 했을까?

내가 오랫동안 이곳을 떠나있게 되므로

모든 게 전처럼 흐트러짐 없는 상태여야 하고,

또한 이 사태의 마지막 흔적도 사라져야 되지.

(그는 옆방으로 들어간다. 휴지. 그 사이 하인은 라헬이 벗어놓은 옷가지를 의

자에서 집어 팔에 걸고, 왕관은 손에 든다.)

(국왕이 돌아와서 라헬의 사진을 손에 쥐며)

국왕:

내 사진은 사라지고 이 사진이 그 자리에 있다니 —

이건 그 애의 사진이네. 내 손이 불타는구나.

(사진을 바닥에 내동댕이치면서)

자네 출발하게, 출발해! 그 불손한 것이 그렇게 멀리 갔을까?

그래서는 안 되지!

내가 당연히 혐오감만 가지고 그 애를 생각하는데도

그 애는 그림처럼 아름답게 내 가슴 속에서 격정을 일으키

는구나.

더구나 내 사진이 그 애의 손안에 있다니!

이런 족속은 그런 징표를 가지고

금지된 마법의 요술을 행한다고들 말하지.

무언가가 마치 마법에 걸린 듯 나를 덮치고 있어.

(하인에게)

저 사진을 바닥에서 주워 전속력으로 달려가게.

그들을 따라잡을 때까지.

하인:

누구를요, 전하?

국왕:

누구라니?

바로 가르세란과 그 두 사람 말이네.

이걸 그 여자애들에게 돌려주고 요구하게 —

하인:

무엇을요, 전하?

국왕:

내가 내 하인들에게

내가 당한 치욕을 함께 알도록 해야 한단 말인가?

어려울지도 모르지만 내가 손수 나서 강제로 맞바꾸도록 하

겠네.

저 사진 좀 맡아주게! – 내 손으로는 건드리지 않겠네.

(하인이 사진을 집어 올린다.)

어찌 그리 서투른가! 그걸 자네 가슴 속에 숨기게.

하지만 거기에서는 그것이 낯선 온기에 의해 따뜻해질 수도

있지!

이리 주게, 내가 가지고 있어야겠네, 그리고 나를 따르게.

우리는 아직 그들을 따라잡을 수 있네. – 곰곰이 생각해보니,

그들에게 사고가, 폭력사고가 일어나리라는

의심이 생기는데,

그러면 내가 딸려 보낸 수행원이 보호해주겠지.

자네는 나를 따르게!

(그는 사진을 바라본 다음 그것을 품 안에 집어넣는다.)

저기 옆쪽으로는

나의 조부 돈 산초께서 무어족 여인과 함께

온 세상을 등지고 은둔해계셨던 레티로 성이 있지 않은가 –

하인:

그렇군요, 전하.

국왕:

우리는 조상들에게서

주저앉아 비틀거리는 허약함이 아닌

값진 용맹성을 본받으려 하네.

무엇보다도 정복하는 것에서 –

그리고 적대적인 정복자들에 대항하는 데에서 말이네.

저 성의 이름이 레티로라고 하지? – 내가 무얼 하려고 했
더라?

아 그렇지, 곧장 떠나는 거야! 그리고 비밀로 해야 돼!

자네까지도 아무 것도 모르는 거야. 그럴수록 더 좋지. 가자!

(하인과 함께 퇴장)

(막이 내린다.)

3막

국왕의 별장 안 정원. 뒤쪽으로 타요강이 흐른다. 앞쪽 오른편에 넓은 정자가
있다.

*왼쪽에 여러 명의 청원자들이 청원서를 손에 들고 열을 지어 있고, 이삭이 그
들 옆에 서있다.*

이삭:

이미 말했듯이 여러분은 여기서는 머물 수 없소.

여기에서 곧 내 딸이 산책을 하오.

그리고 내 딸과 함께 바로 그가. 그가 누군지는 말하지 않겠소.

그러니 벌벌 떨며 나가시오! 그리고 여러분의 청원서는

톨레도로 국왕의 고문관들에게 가져가시오.

(그는 한 사람에게서 청원서를 빼앗는다.)

어디 보자! – 잘못 됐네, 가시오!

청원자:

당신 그걸 거꾸로 들고 있구려.

이삭:

청원서 전체가 거꾸로 되어 있으니까 그렇지.

당신 또한 거꾸로 돼있어. 더 이상 여기서 방해하지 말고 가
시오.

두 번째 청원자:

　　이봐요, 이삭, 당신 톨레도에서 온 나 알 텐데요.

이삭:

　　나 당신 모르는데. 최근에 내 눈이

　　눈에 띄게 나빠졌소.

두 번째 청원자:

　　그런데 나는 당신을 아는데, 그리고 당신이 잃어버린

　　이 지갑을 돌려주겠소.

이삭:

　　그게 내가 잃어버린 것이라고? 오, 이제 다시 알아보겠군.

　　녹색 비단으로 되어있고, 그 안에 10 피아스터가 들어있지.

두 번째 청원자:

　　20 피아스터요.

이삭:

　　20이라고? 그래, 내 눈은 좋은데,

　　기억력이 이따금 나빠진단 말야.

　　그럼 이 종이가 잘 설명해주고 있겠군.

　　그대가 어디서 어떻게 찾아냈는지 모든 것을.

　　상부에 알리는 일은

　　더 이상 필요치 않으니, 이리 주기나 해!

　　우리는 현장에서 그것을 처리하여

　　당신이 정직하다는 소문이 널리 퍼지도록 하겠소.

(청원자들은 자신의 청원서를 내밀고, 그는 한 장을 움켜쥐고는 바닥에 내던진다.)

여전히 똑같군. 여기 이게 여러분들이 들을 수 있는 답변이오.

(세 번째 청원자에게)

당신은 손에 반지를 끼고 있구려.

좋은 보석인 것 같은데, 한 번 보세!

(청원자가 그에게 반지를 준다.)

실반지가 진짜 광택을 내는 듯

위장하고 있구먼. 그럼 다시 가져가게.

(그는 반지를 자기 손가락에 끼운다.)

세 번째 청원자:

당신은 그걸 당신 손에 끼웠으면서.

이삭:

내 손에?

정말 그렇군. 나는 그걸 자네에게 주었다고 생각했는데.

이것이 너무 꽉 끼어 쓸데없이 괴롭구먼.

세 번째 청원자:

그걸 가지시오. 하지만 이 청원서도 받아주시오.

이삭 *(반지에 정신을 집중하면서)*:

자네에게서 받은 두 가지를 기억해두겠네.

국왕께서는 반지를, 아니 그보다는 청원서를 꼼꼼히 검토하
실 거네.

청원서 속의 실에도 불구하고 말이야.

아니 내가 말하려고 했던 것은 - 보석 속의 실이지.

자 이제 모두 돌아가시오! - 여기 몽둥이 없나?

내가 천한 기독교도들로 인해 힘들어해야겠나?

(그러는 사이 가르세란이 들어선다.)

가르세란:

무사하길! 그대는 갈대밭에 앉아있어 피리 만들기에 딱 좋
은 기회인데,

내가 생각하기에 그대가 잘라 만들 피리는 값이 좀 비싸네.

이삭:

장소의 비밀을 지키는 것이 저에게 맡겨진 일이지요.

국왕은 여기에 계시지 않으며, 여기에 머물고 싶어 하지도
않으시지요.

그리고 국왕을 방해하는 사람은 - 가르세란 어르신일지라도
저는 가시라고 명할 수밖에 없습니다. 달리 방법이 없지요.

가르세란:

자네는 조금 전에 몽둥이를 찾고 있었지.

그걸 찾으면 나에게 가져오게. 내가 보기에 그것은

자네 손보다는 자네 등에 더 잘 어울리는 것 같네.

이삭:

갑자기 화를 내시는구려. 당신들 기독교도들은 모두가 그렇지.

언제나 그저 즉흥적이기만 하지.

지혜로움이, 조심성이, 느긋하게 기다리는 법이 없단 말이야.

국왕께서는 나와 즐겨 얘기를 나누신다오.

가르세란:

지루하면 저절로 대화를 하게 되는 법이지.

긴 시간이 흐르면 말이야.

이삭:

국왕께서는 국가와 돈 되는 물건에 대해 나와 얘기하시지요.

가르세란:

그러면 자네 손에 의해 새로운 규정이 다듬어질지도 모르겠군.

그 규정에는 3 페니히가 2 그로셴밖에 안 되는가?

이삭:

이보시게, 돈은 모든 것들의 배경이오.

그것이 적을 위협하는데, 당신도 그걸로 무기를 사니까 말이오.

용병은 급료를 받으려고 복무하는데, 급료는 돈이오.

당신은 돈을 먹고, 돈을 마시는데, 당신이 먹는 것은

돈으로 산 것이고 사는 것은 돈이 할 수 있는 모든 것이니까.

이보시게, 머지않아 모든 사람이

어음을 주고받는 시대가 올 것이오.

나는 국왕의 고문관이오. 당신도 이제

이 이삭의 행운에 함께하며 협조할 생각이 있다면 —

가르세란:

내가 자네와 협조를 해?

이렇게 어리석게도

우연한 사건과 불쾌한 외관이 뒤섞여

내 의무와 맹세를 심하게 시험하는

자네의 험악한 행동은 나의 저주이네.

이삭:

내 귀여운 라헬이 나날이 총애를 더 받고 있소.

가르세란:

오, 국왕께서는 성마른 격정을 지닌 소년기에

다른 많은 사람들처럼

놀이와 잡기로 어린 시절을 보내셨는데!

소년시절에는 오직 남자들에 에워싸여서,

남자들에 의해 양육되고 돌봄을 받았고,

일찍이 지혜의 과실을 먹고 자랐으며,

정략적인 거래목적으로 결혼을 하면서 비로소

처음으로 여자와 마주하게 되는데,

그 여자는 단지 성별로만 여성일 뿐이고,

어리석음이 애제자의 지혜에게 복수하고 있지.

귀족의 여자는 반 남자, 아니 완전한 남자인데,

그녀들에게 결여되어있는 것들이 그녀들을 여자로 만들지.

그런데 자주 속아온 그 분에게 경험이 허용해준

저항도 이제 제압되고,

그 하찮은 장난이 그 분에게는

심각하게 중대한 일이 되고 있지.

그런데 시간이 오래 걸리지는 않으리라는 걸 자네에게 말해

주겠네.

적이 국경에 있으며 국왕은

군대에 속해 있고, 나는 그 분을 모시고 갈 것이며

자네의 신기루는 다시 깡그리 무너져 내릴 것이네.

이삭:

그렇게 될지 한 번 해보시오. 우리와 함께하지 않겠다면

우리와 맞서겠다는 거군요. 당신은 넓은 골짜기를 뛰어넘는

다 해도

파멸하게 될 거요.

(퍼리소리가 울린다.)

들리지요? 저기 그들이 심벨론과 나팔을 불며 오고 있소.

마치 아하스베루스가 우리 민족을 영광과 명성으로 끌어올린

부인 에스더와 함께 오는 것 같구려.

가르세란:

내가 국왕의 이 지나친 행동에서

지난 시절 내 자신의 모습을 바라보며

나 자신과 그를 부끄러워해야만 한단 말인가?

(라헬과 시종들을 데리고 국왕이 탄 배가 강에 나타나 접안한다.)

국왕:

배를 대라! 다 왔으며 여기에 별장이 있느니라.

라헬:

배가 흔들려요. 멈춰요, 나 넘어져요.

(국왕이 강둑으로 뛰어내린다.)

나더러 여기 이 흔들리는 연약한 나룻배에서

강가로 뛰어내리라고?

국왕:

여기 내 손을 잡아라.

라헬:

안 돼요, 안 돼, 어지러워요.

가르세란 *(혼잣말로)*:

어지럽다고? 정말인지.

국왕 *(그녀를 감독으로 이끌면서)*:

엄청나게 큰일을 해냈구나.

라헬:

나는 다시는 배를 타지 않을래요.

(국왕의 팔을 붙잡으며)

허락해주세요, 전하! 나는 너무 허약해서,

마치 열병에 걸린 듯 가슴이 두근거려요.

국왕:

두려움은 여자들의 권리이긴 하지만 너는 그걸 오용하고 있

구나.

라헬:

이제 전하는 날 부축해주던 팔을 매몰차게 뿌리치고,

이 정원의 길들 또한 모래가 아닌

뾰족한 돌들로 거칠게 덮여있어

남자들을 위한 길이지 여자들이 걷기 위한 길은 아니군요.

국왕:

그녀에게 양탄자를 깔아주고 문제를 해결하라.

라헬:

나는 당신께 짐만 되는 것 같군요.

내가 병이 나서 피곤해 죽을 것 같은 지금

여기에 언니만 있어도 좋을 텐데.

여기엔 이따위 쿠션들밖에 없잖아?

(별장 안의 쿠션들을 격하게 차례로 내던지면서)

필요 없어, 필요 없어, 필요 없어, 필요 없어!

국왕 *(웃으면서)*.

다행히 피곤해서 그런다니 좀 봐주겠다.

(가르세란을 바라보며)

아 가르세란! 보게, 저애는 어린애야.

가르세란:

무척 버릇없는 어린애인 것처럼 보입니다.

국왕:

그들은 모두가 그렇지.

그들에게는 그게 어울리네.

가르세란:

취향이 그러시다면요.

국왕:

이보게, 가르세란, 나는 내가 잘못됐다는 걸 충분히 느끼고
있네.

나는 눈짓 하나, 말 한마디면 이 부질없는 놀이를

아무 일도 없었던 듯 끝내게 할 수 있다는 것 또한 잘 아네.

그런데 나는 내가 자초한 이 혼란 속에서도

그것이 필요하기에 눈감아주고 있는 거네.

군대 상황은 어떤가?

가르세란:

오래 전부터 알고 계시듯이

적들은 무장을 강화하고 있습니다.

국왕:

우리도 강화하세.

단 하루면 이 시시콜콜한 장난질을

끝내버리고 내 마음속에서 지워버릴 거네.

그것도 영원히, 그러고 나면 시간과 묘안이 생기겠지.

가르세란:

묘안은 생기겠지만 시간은 달아나버리지요.

국왕:

우리는 전력을 다해 시간을 되찾아야 돼.

라헬:

그들이 무슨 얘기를 하는지 나는 알아.

피에 대해, 전쟁에 대해, 포악한 살육전에 대해서지.

그리고 저기 저 사람은 나에 대해 반감을 품고,

자신의 군주를 여기서 멀리 떨어진 주둔지로 유혹하니,

적들은 이제 나를 마음대로 붙잡아가겠네.

하지만 가르세란, 난 당신을 좋아하며,

당신은 사랑스런 여자들을 다루는 법을 알지요.

사람들은 사랑을 얻기 위한 당신의 대담한 구애에 대해,

연애경연대회에서의 당신의 행동에 대해 말하고 있지요.

당신은 당신의 군주인 국왕과는 다르지요.

국왕은 애정을 나누는 만남에서조차 거칠고,

온갖 다정한 말을 해놓고는 곧장 후회하며,

미움을 숨기고 있는 성향을 갖고 있지요.

이리 와서 내 옆에 앉아요! 난 얘기를 나누고 싶으며,

온통 소란스런 무리들 속에서 혼자만 외롭게 있고 싶지 않아요.

그렇지만 당신은 오지 않는군요. 아, 사람들이 당신을 저지하는군요.

(울면서) 내게 기쁨도, 위로도 허용하지 않고,

나를 외톨이 노예상태로 묶어두고 있군요.

내가 고향에서 아버지 집에만 있다면

여기서 멸시당하며 버림받는 대신

모든 것을 내 뜻대로, 내 하고 싶은 대로 할 텐데.

국왕:

저애에게로 가게!

가르세란:

제가 그래야 하나요?

국왕:

가란 말이야, 가!

라헬:

내게 와서 앉아요! 좀 더 가까이, 더 가까이, 그렇게!

다시 한 번 말하는데 가르세란, 나는 당신을 좋아해요.

당신은 기사라는 이름뿐만이 아니라

실제로도 참된 기사로서

당당하고 강건한 카스티야 사람들이

자신들의 적인 무어족에게서 배운,

타고난 감각을 우아하고 능란하게 나타내 보이는 걸

거칠고 조잡하게 모방하고 있지요.

그들에게서 빌려온 것이라는 이유로.

손 좀 줘 봐요. 어이구, 손이 어쩌면 이다지도 부드러운지요.

그리고 당신은 다른 사람들과 마찬가지로 검을 들고 있군요.

다만 당신은 능숙하게 여자들의 방에 들어가기도 하는데,

관습이 무언지 즐거운 교제의 법칙이 무언지 잘 알겠지요.

여기 이 반지는 돈나 클라라의 것인데,

그녀는 싱그러운 사랑을 하기에는 얼굴이 너무 창백하지요.

색깔 없는 얼굴을

부끄러워 한없이 빨개지는 색깔이 대신하지 않았으면 해요.

나는 여기 다른 반지들도 더 있는데,

당신은 애인이 몇 명이나 되나요? 자, 고백해 보시지요.

가르세란:

아니 뭐라고, 내가 당신에게 같은 질문을 한다면?

라헬:

나는 아무도 사랑해본 적이 없어요.

하지만 내 가슴 속에 광기가 일어 나를 사로잡는다면

나도 사랑을 할 수 있을 테고, 그러면 심장이 요동칠지도 모르지요.

나는 그럴 때까지는 관습을 따를 거예요.

낯선 사원에서 무릎을 꿇듯이

사랑의 우상숭배에 있어 전해져 내려온 그 관습을요.

국왕 *(가르세란의 앞뒤를 오가다가 이제 왼쪽 앞에 있는 한 신하에게 몸을 돌리고, 낮은 목소리로)*:

내 무기들을 완전무장하여

저 멀리 정원별채로 가져가서 나를 기다리고 있어라.

나는 나를 필요로 하는 진지로 갈 것이다.

(하인 퇴장한다.)

라헬:

당신의 국왕 좀 보십시오! 그는 날 사랑한다고 여기는데도,

나는 당신에게 말을 걸고, 악수를 청하고 있네요.

그는 이런 건 신경 쓰지 않으며, 마치 훌륭한 가장처럼

요란스런 하루 임무를 완수하고 나면,

만족해하고, 저녁은 비로소 결산을 마무리하지요.

가세요! 당신은 그와, 그리고 다른 모든 사람들과 같으니

까요.

여기에 내 언니가 있으면 좋으련만!

언니는 사려 깊고 나보다 훨씬 더 현명하지요.

하지만 의지와 결단의 불꽃이 언니의 가슴 속에 떨어진다면

나에게서처럼 똑같이 활활 타오를 테지요.

언니가 남자였다면 영웅이 되었을지도 몰라요.

당신들 모두가 언니의 시선과 용기에 굴복했을 거예요.

나는 언니가 올 때까지 잠이나 자야겠어요.

나는 단 하룻밤의 꿈이니까요.

(그녀는 팔에 머리를 기대고 그 팔을 쿠션 위에 놓는다.)

가르세란 *(쉬고 있는 라헬을 멈춰 서서 바라보는 국왕에게 다가서면서)*:

전하!

국왕 *(여전히 라헬을 바라보면서)*:

자네 생각은 어떤가?

가르세란:

사정이 허락한다면

저도 진지로, 군대로 돌아가겠습니다.

국왕 *(여전히 라헬을 바라보면서)*:

군대가 진지를 떠나? 어째서?

가르세란:

제 말을 못 알아들으셨나 보군요. 저도 거기로 가겠다고요.

국왕:

거기에 가서도 이야기를 해주고 생각을 말하고 지껄여대겠
구려.

가르세란:

무엇을요?

국왕:

나에 대해, 여기서 일어난 일에 대해서지.

가르세란:

그 문제라면 제가 누구보다 잘 이해하고 있습니다.

국왕:

아 그래! - 자네는 기적을 믿나, 친구?가르세란:

거의 믿습니다.

얼마 전부터지요, 전하.

국왕:

그런데 어째서 하필 얼마 전부터인가?

가르세란:

평소에는 그저 멸시해버리실 뿐인 것을 사랑하시기에,

하지만 사랑과 멸시는, 전하 -

국왕:

멸시는 지나치게 심한 말인 것 같네!

존중하지 않는다는 말이 딱 들어맞지.

가르세란:

기적은 물론 좀 오래된 거지요.

하느님이 남자의 갈비뼈로 여자를 만들어낸

천국에서의 그 시절에서 유래하지요.

국왕:

그런데 하느님은 일이 완성된 다음 가슴을 닫아서

의지의 수호를 위한 토대를 만들어주셨지.

자네는 군대로 가는데, 혼자서는 안 되고, 나와 함께 가야

하네.

라헬 *(몸을 일으키면서)*:

햇살이 몰래 내 은신처로 숨어들었네.

누가 커튼을 저쪽으로 젖혀놓았지?

(오른쪽 광경을 바라보면서)

저기 두 남자가 무거운 무기를 들고 걸어가네.

창은 내 목적에 아주 잘 어울리지.

(그 쪽에 대고 외치며)

이리로! 이쪽으로! 내 말 들려요? 빨리!

(국왕이 보냈던 하인이 국왕의 투구와 창을, 또 다른 하인은 국왕의 방패와 흉

갑을 들고 온다.)

라헬:

이보게, 그대의 창끝을

여기 이 바닥에 박아두게.

저쪽 편으로 차양을 받치게 하여

그것이 던지는 그림자가 더 넓어지도록 말이지. —

— 그렇게 하게! — 잘된 일이야! — 그리고 저기 두 번째 친구는

달팽이처럼 자기의 집을 끌고 가는데,

그게 다른 사람의 것이 아니라면 더 좋을 텐데.

— 방패를 이쪽으로 향하게 하게! — 진짜 거울이네!

여기 있는 모든 것들처럼 좀 조잡하지만 궁할 때 쓸 만은 하지.

(방패가 그녀 앞에 놓인다.)

우리는 지저분하게 앞쪽으로 너무 흘러내린 머리칼을

뒤로 넘겨 단정하게 하고는,

하느님이 우리를 그토록 멋지게 만들어낸 걸 기뻐하지.

여기 이 둥그런 머리는 일그러져 있네. 이걸 어째!

이 부어오른 뺨 좀 봐. 아니야, 친구,

우리는 자신의 풍만함에 만족하지.

— 이제 투구가 남았네! 목적에 맞지 않게 전쟁을 위한 거지.

그것은 마치 사랑싸움을 위해 만들어진 것 같은데도,

승리를 거두는 대부분의 전투에서 눈을 가리는데 사용되니까.

내 머리에 그 투구를 씌워주게! – 아, 그대가 나를 짓누르
네! –

사랑하는 남자가 분노하여 투구마스크가

힘껏 내려지네! *(마스크를 아래로 내리면서)* 그리고 그는 한밤중
에 서있네.

그는 우리에게서 벗어나려 하며,

우리를 떠나기 위해 무기를 가지러 보냈어.

마스크가 올라가네. *(그녀는 그렇게 한다.)* 빛이 비치네!

안개가 모두 걷히면서 햇살이 승리를 거두네.

국왕 *(그녀에게 걸어가면서)*.

말도 안 되는 장난질이나 하는 이 어리석고도 총명한 아이야.

라헬:

물러서! – 방패 이리 줘! 창 이리 줘!

사람들이 내게 무자비하게 다가오고 있어. 이걸로 막을 거야.

국왕:

그만 무기들을 내려놓아라!

너에게는 어떤 나쁜 자도 접근하지 않느니라.

(그녀의 양손을 붙잡는다.)

(에스터가 왼쪽 뒤에서 온다.)

라헬:

아, 언니! 잘 왔어!

위장한 것들은 꺼져버려! 빨리, 빨리!

언니가 날 감동시키네! 언니는 어리석지 않아!

(언니를 향해 달려가면서)

다시 한 번 말하는데 잘 왔어, 오 나의 언니.

언니가 옆에 있기를 얼마나 바라왔는지 몰라!

언니는 팔찌와 머리핀들을,

톨레도에서 파는 내가 주문한

향유와 향수들을 가져왔겠지?

에스터:

가져왔어. 동시에 고통스런 물건도 가져왔는데,

아주 몹쓸 장신구인 나쁜 소식 말이야.

존엄하신 전하! 왕비께서

톨레도 성곽을 벗어나

우리가 곤경에 처했을 때 전하를 처음 뵌

바로 그 별장으로 가셨습니다.

(가르세란에게) 아울러 당신의 고귀한 아버지인

만리케 라라도 함께 가셨는데,

다함께 최선책을 논의하기 위해

공개적인 편지로 왕국의 모든 고급귀족들을 불러 모았답니다.

마치 왕국에 왕이 없어져버린 듯,

국왕이신 전하께서 돌아가시기라도 한 듯 말입니다.

국왕:

네가 꿈을 꾸고 있는 것 같구나.

에스터:

저는 깨어 있습니다, 전하.

무엇보다도 사람들의 위협으로 결국 희생자가 될

제 여동생의 목숨을 위해서지요.

라헬:

오, 이를 어째, 어쩌면 좋아! 전하, 제가 오래 전부터

저와 떨어지실 것을, 궁궐로 돌아가셔서

거기서 제 적대자들의 목적을 저지하실 것을 간청하지 않았

나요?

전하는 그냥 남아계셨어요. 보세요, 여기 전하의 무기들이

있어요.

투구, 방패와 저쪽에는 긴 창이.

내가 그것들을 모아드리지요. – 하지만 전 그렇게 할 수가

없군요.

국왕 *(에스터에게)*.

네가 수시로 수없이 엉뚱한 말을 하는

저 어리석은 여자아이를 돌봐주어라.

나는 궁궐로 가련다. 하지만 무기는 필요 없다.

나는 맨 가슴으로, 무장하지 않은 팔로

내 신하들 가운데로 들어가서 묻겠다.

감히 누가 반항할 것인지를.

그들은 알아야 한다.

자신들의 군주는 살아있으며,

태양은 밤이 되었다고 죽은 게 아니고,

아침이면 다시 새롭게 반짝이며 떠오른다는 것을.

가르세란, 자네는 나를 따르게!

가르세란:

그렇게 하겠습니다.

에스터:

하지만 전하, 우리는 어떻게 되는 건가요?

라헬:

오, 가지 마세요, 가지 마세요!

국왕:

성은 견고하고, 성주가 지키고 있으며,

그는 목숨을 바쳐 너희를 지킬 것이다.

나는 아무리 내가 잘못했다 해도

나의 보호를 믿으며 잘못의 책임을 나누는 자는

아무도 어려움을 당하지 않으리라 생각한다.

이봐, 가르세란! 자네가 먼저 가는 게 좋겠네.

나는 그 귀족층들이 모인 것은

내 명을 받은 것이 아니어서 정당하지 못하므로

응당 벌을 내려야 할 것이지만 그러지 않겠네.

그러니 그들에게 신속히 해산하도록 명을 내리게.

그리고 자네 아버지에게 말해주게.

그는 내가 어렸을 때

나의 보호자이자 대리인이었지만

나는 이제는 그와 모든 사람들에 맞서

스스로 내 권리를 지켜야 한다는 걸 잘 알고 있다고.

가세! 그리고 너희는 잘 있거라!

라헬: *(국왕에게 다가서면서)*

전하!

국왕:

이제 그만! 나는 힘과 굳센 의지가 필요하며,

작별하면서 마음 약해지고 싶지 않다.

너희들 내 말 잘 들어라.

나는 국왕의 직무를 수행하는 한,

어떤 방법으로든, 앞날이 어떻게 되든

비밀을 지켜주고 덮어주겠다.

나는 어떤 경우에도 너희를 보호하고 지켜줄 것을 약속

하겠다.

가세, 가르세란. 하느님이 함께하길! 하느님이 너희와 함께

하길.

(국왕과 가르세란 왼편으로 퇴장)

라헬:

그는 날 사랑하지 않는 거야. 난 오래 전부터 알았어.

에스터:

오 얘야, 그걸 뒤늦게 알면 무슨 소용이 있어.

일찍이 우리가 당한 불행이 우리를 깨우쳐줄 때 알았어야지.

난 네가 내 말을 듣지 않는다고 경고했지.

라헬:

그는 처음에는 무척 뜨겁고 격정적이었어.

에스터:

이제 그는 지나치게 성급했던 것을 냉정하게 조정하고 있어.

라헬:

그럼 믿었던 나는 어떻게 되는 거야?

우리 도망치자!

에스터:

거리들은 점거되고,

온 나라가 우리를 거부하는 소동에 빠져있어.

라헬:

그럼 나는 죽어야 되는 건데 아직 젊고,

더 살고 싶어. 살아가지 않는 것,

그래, 죽는 것은 예상하지도 바라지도 않은 거야.

죽음의 순간이 그저 끔찍스러워.

(에스터의 목에 대고)

나는 불행해, 언니, 살아날 길이 없어!

(잠시 후에 흐느끼느라 끊기곤 하는 목소리로)

그런데 언니가 가져온

이 목걸이도 자수정으로 된 거야?

에스터:

맞아. 진주로 된 것도 가져왔는데

네 눈물처럼 맑고 아주 고급스럽지.

라헬:

그건 전혀 보고 싶지 않아.

나중에 우리의 구금상태가 좀 더 오래 연장되고,

한없이 단조로운 삶이 심심풀이를 요구하게 되면,

그때 그걸 걸어보고, 죽을 때까지 장식하고 다닐 거야.

그런데 저기 좀 봐, 누가 다가오고 있지? – 하, 하, 하, 하!

저건 분명 우리 아빠 아니야? 갑옷까지 입으셨네.

(이삭이 머리에 투구를 쓰고 긴 군복상의에 흉갑을 두르고 왼쪽에서 온다.)

이삭:

맞다. 내 근무시간을 빼앗는

버릇없는 아이들의 아버지다.

그래, 갑옷을 입고 있지. 살인자가 위협하지 않니?

스스로 몸을 지켜야 하지 않니?

예기치 않은 공격이 머리를 날려버린단다.

또한 갑옷은 어음들을 숨겨주기도 하고,

주머니들은 모아놓은 금을 옮겨주는데,

나는 그것을 땅속에 묻어 가난과 죽음으로부터

몸과 마음을 지킨단다. 그런데 너희들 나를 보고 웃는데,

그러면 너희에게 가장의 저주를 내리겠다.

성서의 그 이삭도 나와 같은 이름이었다.

너희도 경건한 야곱의 목소리와

장남의 권리가 뒤바뀐 에서*의 손을 갖고 있지.

내 걱정은 내가 한다. 너희들은 더 이상 내 걱정 하지 말거라!

무슨 소리가 나는데!

라헬:

무슨 소란이지?

에스터:

브리지를 들어 올리고 있어.

라헬:

국왕이 성문을 나간다는 신호야.

그렇게 빨리 떠나다니! 그가 다시 돌아올까?

난 무서워. 안 돼! 나는 너무너무 무서워.

---

* 구약성서에 나오는 이삭의 아들로 배고픔 때문에 대수롭지 않게 맏아들의 권리를 쌍둥이 동생 야곱에게 넘긴 인물이다. 어느 날 에서가 허기져 들에서 돌아와 보니 야곱이 죽을 끓이고 있었다. 에서는 야곱에게 "배고파 죽겠다. 그 붉은 죽 좀 먹자."고 말했다. 야곱이 형에게 당장 장자 상속권을 팔라고 제안하자, 에서는 배고파 죽을 지경인데 상속권 따위가 무슨 소용이 있느냐고 했다. 그러나 야곱이 먼저 맹세부터 하라고 다그쳐 요구하자 에서는 맹세하고 장자의 상속권을 야곱에게 팔아 넘겼다. 그리고는 야곱에게서 떡과 불콩죽을 받아먹은 후에 일어나 나갔다.

(에스터의 가슴에 안기면서)

그리고 언니, 나는 그를 정말로 사랑했어.

(막이 내린다.)

4막

전면 오른쪽으로 왕좌가 있는 홀.

그 옆 왼쪽 편으로 여러 개의 의자가 나란히 놓이고, 그 위에 8명 혹은 10명의 카스티야 왕국 고급귀족이 앉아있다. 왕좌 바로 옆에는 만리케 드 라라가 서있다.

만리케:

> 우리는 비통한 마음으로 여기에 모였습니다.
>
> 짧은 동안이겠지만 그 분과 연결되어
>
> 그 분의 곁을 지키는 사람은 얼마 되지 않는데,
>
> 이곳에 도착할 가능성은 누구에게나 주어져있습니다.
>
> 많은 사람들은 뒤늦게 나타날 것입니다.
>
> 하지만 지금 당장 우리 모두는
>
> 미뤄서는 안 되는
>
> 급박하고 총체적인 어려움을 생각해야 합니다.
>
> 무엇보다도 우리의 중요한 회의에
>
> 고귀한 권한을 지닌 의장일 뿐만 아니라,
>
> 손수 그 회의를 소집할 권리가 있는
>
> 바로 그 분이 안 계시기에,
>
> 우리는 이미 처음부터 절반은 정당성을 잃었습니다.
>
> 고귀하신 여러분, 그리하여 나는 심사숙고 끝에

논의 내용과 힘겹게 마주하실지라도

우리의 왕비 마마에게 짐을 지워드리기로 했으며,

왕비 마마를 우리들과 함께 저쪽에 앉으시도록 했습니다.

그럼으로써 우리는 나라에 주인이 없는 것은 아니며,

우리가 멋대로 모인 것은 아니라는 것을 알리고자 합니다.

오늘 우리가 논의할 대상은

기대되기도 하고 두렵기도 한데, 모두가 이미 잘 알고 있는

것입니다.

우리의 고귀한 국왕께서는 신분과 지위와 위엄뿐만 아니라

재능까지도 고귀하게 갖추셨습니다.

그리하여 그와 함께해온 우리가 옛 시절로 돌아가 살펴보

건대,

그 같은 분에게서 힘이, 온갖 선을 향한 수단이

어느 날 갑자기 길을 잃고 헤매면서

막무가내로 과오를 저지르려 한다는 것은

거의 생각조차 할 수 없는 일입니다. ─

국왕께서는 왕궁을 떠났으며,

한 여자의 교만한 행각에 푹 빠져 있는데,

우리가 판단하기에 그것은 결코 온당치 않은 일입니다. ─

─ 왕비마마!

(왕비가 몇 명의 여자들에 인도되어 오른쪽에서 등장하고, 일어선 고급귀족들

에게 다시 자리에 앉으라는 손짓을 한 다음 왕좌에 앉는다.)

허락해주시는 거지요, 왕비마마?

왕비 *(나지막하게)*:

계속하게!

만리케:

나는 앞서 한 말을 반복하겠습니다.

우리가 판단하기에 그것은 결코 온당치 않은 일입니다.

더구나 무어족이 국경에서 무장하고 있고,

심한 어려움에 처한 나라를 전쟁으로 위협하고 있습니다.

국왕의 권한과 동시에 의무는

손수 소집하여 모집한 군대와 함께

위험에 맞서 버티기 위해 존재하는 것인데도

바로 그 국왕이 없는 것입니다.

그러나 내가 알기로 국왕은 올 것입니다.

우리의 모임이 독단적이라는 이유로

분노를 살 수도 있겠지요.

하지만 그를 우리에게서 멀어지게 하는 이유는 남아있으며,

그래서 그가 다시 옛 패거리들 속으로 돌아와도,

우리는 앞으로도 변함없이 외면당하는 거지요.

그래도 좋습니까?

(왕비가 그에게 계속하라는 신호를 한다.)

그럼 무엇보다도 그 탕녀를 쫓아내야 합니다.
여기 많은 제안들이 제시되었습니다.
금으로 그녀를 매수해야 한다든가,
그녀를 붙잡아서 나라 밖 외딴 곳으로 보내
감금해야 한다는 제안도 있습니다.
하지만 국왕도 금은 가지고 있으며, 멀리에 있긴 하지만
권력은 그녀가 찾는 것이 무엇인지를 잘 알아내지요.
세 번째 제안은 −

(왕비가 일어선다.)

고귀하신 왕비님, 외람된 말씀 드리겠습니다.
왕비님은 우리의 험한 일에 있어 너무 온화하시며,
굳센 의지에 의하지 않고도
이따금 강화되고 새로워지는 그 너그러움이
아마도 우리의 국왕을 대부분 소원하게 했을 것입니다.
제가 책망하는 게 아니고, 있는 그대로를 말하는 겁니다.
그러니 왕비님이 평소 품고 계신 생각은 버리십시오.
하지만 하고 싶은 말이 있으면 말씀하십시오.
그 탕녀의 잘못을 벌하는 데에

어떤 타격과 형벌이 적절하다고 여기시는지요?

왕비 *(나지막하게)*:

죽이는 거요.

만리케:

정말로요?

왕비 *(더 분명하게)*:

죽이는 거요.

만리케:

여러분, 들으셨지요.

그것은 비록 남자지만 내가 일찍이

감히 입 밖에 내지 못했던 세 번째 제안입니다.

왕비:

결혼이라는 것은 금지되어있는 것을 정당한 것으로 격상시

키고,

좋은 가문의 사람들에게는 누구에게나 혐오스런 일을

신의 뜻에 맞는 의무의 영역 속으로 끌어들이기에

최고로 신성한 것이 아닌가요?

최고신의 다른 율법들도

선의 충동만을 강화시킬 뿐인데,

그것이 죄악조차 고상하게 만들 만큼 너무 강해서

어떤 계율보다 더 강력할 수밖에 없지요.

그 율법을 어기고 이 여자는 죄를 범했습니다.

내 남편의 잘못된 행위가 계속되고 있는 한,

나는 바로 지난 시절을 통틀어

그의 여자가 아닌, 오로지 죄를 지은 여자일 뿐이며,

우리 아들은 잘못 태어난 쓰레기이자

그 자체로 수치이며 부모의 치욕이 될 것입니다.

여러분들이 내게 죄가 있다고 여긴다면 나를 죽이십시오.

죄로 더럽혀져 있다면 나는 살지 않겠습니다.

그러면 그는 허용된 것이 아닌

오로지 자기 마음대로 하는 것을 좋아하기에,

주변의 왕실 처자들 중에서 아내 하나를 고르겠지요.

하지만 이 여자는 이 땅의 수치입니다.

그러니 여러분들의 국왕과 그의 나라를 깨끗하게 정화해 주

십시오.

남자들 앞에서 이런 말을 하다니 부끄럽습니다.

적절한 방법은 아니지만 상황이 급박하니 어쩔 수 없지요.

만리케:

그렇게 하면 국왕이 참을까요?

왕비:

그는 참을 겁니다. 그래야 하고 그럴 수밖에 없으니까요.

그에게는 살인자들을 향한 복수도 남아있을 겁니다.

무엇보다도 나를, 이 가슴을 겨누겠지요.

(왕비가 자리에 앉는다.)

만리케:

　　다른 해결책은 없다는 말을 드릴 수밖에 없습니다.

　　전투에서 고귀한 사람들이 죽어가고 있으며,

　　그것도 갈증으로 괴로워하면서, 말발굽 아래 밟히면서

　　처형장의 죄인보다 훨씬 더 극심한 고통 속에

　　비참하고 혹독한 죽음을 당하고 있습니다.

　　질병은 날마다 귀한 사람들을 낚아채가고 있으며,

　　하느님은 자신의 사람들의 목숨을 아까워하지 않고 있습니다.

　　하느님이 자신이 손수 만든 신성한 질서를 요구하고,

　　죄를 저지른 한 사람의 죽음을 요구하는 마당에

　　어찌 두려워하지 않을 수 있겠습니까?

　　우리 모두 국왕에게 가서

　　그를 우리와 멀어지게 하고 우리를 그와 멀어지게 하는

　　그 근원을 멀리하도록 간청합시다.

　　국왕이 그것을 거절한다면 잔학한 법이 다스릴 겁니다.

　　군주와 법칙이 다시 하나가 되고,

　　우리가 한 사람 밑에서 그 두 가지에 봉사하게 될 때까지 말입니다.

　　　　　　(하인 하나가 온다.)

하인:

돈 가르세란이십니다.

만리케:

그 배신자가 감히 여기에?

그에게 말하게 −

하인:

전하의 명을 받고 온 겁니다.

만리케:

그렇게 된 거로군. 그 녀석 철천지원수가 될지도 모르는데

나를 믿고 국왕의 말을 전하려는군.

(가르세란이 들어선다.)

만리케:

네가 받은 명이 무언지 말하렴. 그러고 나서 잘 가거라.

가르세란:

왕비 마마와 저의 아버지,

그리고 이 땅에서 가장 훌륭하신 여러분들,

저는 오늘 살아오면서 처음으로 믿음이야말로

가장 값진 재산이며,

경솔함은 비록 아무도 죄로 인식하지는 않더라도

죄보다 더 해롭고 악하다는 것을 느끼고 있습니다.

잘못은 용서를 받지만

경솔함은 모두가 쉽게 생각하기 때문이지요.

그래서 오늘 저는 깨끗해졌다고 느끼면서도

저의 어린 시절의 경솔함을 참회하면서

더럽혀진 자로서 여러분 앞에 서있는 것입니다.

만리케:

그런 얘기는 다음에 하고. 지금은 네가 받은 명이 뭔지 말해라.

가르세란:

국왕께서는 저를 통해 왕국회의를 해산시키려 하십니다.

만리케:

국왕은 경솔한 너를 보내면서

가는 도중 보증이 될 어떤 확실한 것도 주지 않고,

자필로 쓴 전달문도 주지 않았단 말이냐?

가르세란:

국왕께서는 저를 뒤따라오십니다.

만리케:

그러면 됐다.

그럼 나는 국왕의 이름으로

왕국회의를 해산하겠다. 여러분들은 해산하시오.

하지만 나의 바람과 조언을 들어,

아직 집으로 돌아가지 말고,

근처에서 빙 둘러 분산하여 기다리시오.

돈 알폰소가 우리를 대표하는 지위를 갖게 될지,

그를 대신하는 것이 우리의 의무가 될지가 분명해질 때까지

말이오.

(가르세란에게) 하지만 너는 노련하게 군주에게 봉사하고 있

다만,

이번에는 염탐꾼이 되어 줄 것을 명한다.

그리하여 국왕에게 내가 시키는 대로 보고해라.

귀족들은 실제로 해산되었지만,

하나로 똘똘 뭉칠 행동을 할 준비가 되어있다고 전해라.

가르세란:

저는 다시 한 번 여러분들 모두의 면전에서

이 혼돈스런 사건에 대한 책임을 거부합니다.

우연한 사건이 저를 진지 밖으로 끌어냈듯이

그 소녀를 군중의 분노로부터 보호하기 위해

국왕께서 저를 선발하신 것은 우연이었습니다.

저는 물론 성과는 없었지만

경고와 항변을 하고 근거를 대면서

부당한 것을 막기 위해 신하가 할 수 있는 일을 시도했습

니다.

제가 하는 말이 다르다면 저를 경멸하십시오.

그리고 돈나 클라라, 그대가 내 여자로 정해진 건

우리 아버지들의 소원이면서 내 소원에 의해서요.

그대는 그대의 귀한 머리를 숨길 필요가 없소.

그대가 품위 있는 사람은 아니지만 – 나도 결코 그렇지 않

았지만 –

그렇다고 그 일로 전보다 품위가 더 떨어진 건 아니며,

나는 그런 그대 앞에 서서 맹세하오. 일이 그렇게 된 거라고.

만리케:

일이 그렇게 된 거고 네가 아직 신하이고,

카스티야인이라면, 우리 밑으로 들어와서

우리와 함께 조국의 일을 이끌어라.

너는 레티로 성에서 잘 알려져 있으니

원한다면 중대장 자리가 네게 열려있다.

우리의 존엄하신 국왕께서 귀를 막고 계시다면,

우리에게는 아마도 너를 영입하는 것이 필요할 것이다.

가르세란:

저의 국왕을, 저의 군주를 거역할 생각은 없습니다.

만리케:

너에게는 선택권이 있다! 이제 이쪽 다른 편 사람들을 따른

다면,

아마도 모든 것이 생각보다 더 잘 될 것이다.

(하인이 왼쪽에서 들어서면서)

하인:

국왕 폐하께서 오십니다.

만리케 *(귀족들에게, 가운데 문을 가리키며):*

이쪽으로 나가시오!

(하인들에게)

그리고 너희는 이 의자들을 벽 쪽으로 옮겨놓아라.

국왕께서 여기서 회의를 열었다는 낌새를 채지 못하도록 해
야 한다.

왕비 *(왕좌에서 내려온다.):*

다리가 흔들리는데 아무도 부축해주지 않는구나!

만리케:

힘과 몸가짐이 전에는 하나가 되었는데,

그것이 오래가지 않아 서로 적대적이 되어,

힘은 과거의 젊음에게 머물렀고,

몸가짐은 늙은 백발에게로 달아났지요.

제 팔을 붙드시지요. 발걸음도 휘청거리시는군요.

힘은 달아나버렸지만 몸가짐은 충실하게 하셔야지요.

*(그는 왕비를 오른쪽으로 데리고 나간다. 귀족들은 가르세란과 함께 가운데 문
을 통해 사라진다. 국왕이 왼쪽에서 오며, 그의 시종이 뒤따른다.)*

국왕:

이런, 갈색 녀석이 절름거리고 있구나? 상태가 무척 나쁜가
본데,

하지만 나는 앞으로 그것이 필요 없네.

그것을 조심스럽게 톨레도로 끌고 가서,

푹 쉬게 하여 최선의 치료를 해주게.

나는 내 아내 곁에,

아내의 마차 안에 함께 있는 모습을 국민들에게 보여줌으
로써,

그들이 불화와 갈등은 끝났다는 것을

눈으로 보고 믿게 해 줄 것이네.

(하인이 간다.)

나는 혼자로군. 아무도 나를 맞이하지 않는 건가?

텅 빈 벽과 말없는 가구뿐이구나.

조금 전 여기에서 회의가 열렸던 것처럼 보이는군.

이 텅 빈 의자들이 그 위에 앉아있었던 사람들보다

더 큰 소리로 회의가 열렸다고 말하고 있군.

심사숙고하고 관찰해보니,

잘 조정하는 게 좋겠어. 그걸 내가 시작해야지.

여기 내 아내의 방으로 들어가게 돼 있는데,

환영받지 못할 길에 들어서야겠군.

(그는 오른쪽 옆문으로 다가간다.)

그런데 문이 잠겨 있네? 아 그렇지, 저 안에 있는,

그녀가 바로 국왕이고, 이 집의 주인이지.

나에게는 여기에 성도 문도 없지.

(시녀 하나가 문에서 나온다.)

네가 문을 잠갔느냐?

시녀:

왕비님께서, 전하 –

(그러자 국왕은 힘찬 발걸음으로 들어가려 한다.)

안쪽 문도 왕비님께서 손수 잠그셨습니다.

국왕:

나는 밀고 들어가지는 않겠다.

왕비에게 내가 돌아왔으며 전할 것이 –

아니 그보다는 부탁할 것이 있다고 말하라.

(시녀가 간다. – 국왕은 왕좌를 마주하고 서서)

다른 자리들보다 높이 솟아있는 너 높은 왕좌여,

우리가 너보다 더 낮은 자가 되지 않도록,

또한 네가 뻗치고 있는 계단에 오르지 않고도

위대하고 선한 것에서 벗어나지 않도록 해다오.

(왕비가 온다. - 국왕은 손을 뻗어 그녀를 향해 다가가면서)

레오노르, 반갑소!

왕비:

잘 오셨어요.

국왕:

그런데 손도 내밀지 않소?

왕비:

당신을 보니 기뻐요.

국왕:

그런데 손도 내밀지 않소?

왕비 *(눈물을 터뜨리며)*.

오 하느님 아버지!

국왕:

레오노르, 이 손은 전염병에 걸려있지 않소.

내가 당위이자 의무인 전쟁을 이끌 때라면,

이 손은 온통 적의 피로 뒤덮이겠지만,

그렇다 해도 나는 맑은 물로 더러운 것을 지워,

깨끗한 손으로 반갑게 악수할 거요.

신체의 부분들을 씻는 물은

영혼에게는 정신적 정화제이지요.

당신은 기독교인으로서 신앙심이 강하고,

그 강한 신앙의 힘은 참회를 신뢰하지요.

우리 같이 바쁘게 활동하는 또 다른 사람들은

그런 보잘것없는 수단을 좋아하지 않는데,

그것이 죄만 덜어줄 뿐 피해는 덜어주지 않기 때문이오.

반쯤은 새로운 잘못을 저지를까 두려워할 뿐이오.

그러나 현재와 미래를 보증하는

더 나은 의지와 의연한 결단이 서있다면,

내가 내미는 손을 진심으로 온전히 잡아주오.

왕비 *(양 손을 내밀며)*:

오, 기꺼이 그러지요!

국왕:

양 손 말고!

사람들은 동맹과 협약에 대한 담보로,

비록 심장에서 더 멀긴 하지만 오른손만 내민다오.

그것은 아마도 심장 속에 자리를 펼치고 있는

감정뿐만 아니라,

인간의 총체적 의지인 오성 또한

약속한 것에 영속성을 부여하겠다는 것을 암시하는 걸 거요.

시간처럼 감정도 바뀌기 때문인데,

사람들은 그 감정의 힘 안에 깊이 빠져 머물지요.

왕비 *(오른손을 내밀며)*.

그럼 여기! 내 전부입니다.

국왕:

손을 떨고 있구려.

(손을 놓으며)

나는 당신을 학대하지 않겠소, 여보.

그리고 내가 좀 덜 부드럽게 말한다 하여,

내 잘못이 얼마나 큰지를 덜 안다고,

또한 당신의 선량함을 덜 존경한다고 생각지는 마오.

왕비:

용서하는 건 쉬운데, 이해하는 건 훨씬 더 어려워요.

어떻게 그런 일이 가능했는지 나는 이해할 수가 없어요.

국왕:

우리는 얼마 전까지 아이들로 살아왔소.

사람들은 그런 아이들인 우리를 결혼 시켰고,

우리는 계속하여 경건한 아이들로 살아왔지요.

하지만 아이들은 자라나고, 해마다 커지며,

정해진 성장의 단계마다

불편한 심기를 통해

자주 우리를 경고하는 질병의 조짐을 내보이는데,

우리는 지금까지와 같은 사람이면서 다른 사람이 되어있고,

말하자면 다른 사람이 더 잘 어울린다는 거요.

우리의 마음속 또한 그렇게 되어 있으며,

그것은 아주 멀리 펼쳐지고, 오래 된 중심부에서 벗어나

먼 주변을 그리지요.

우리는 그런 질병을 통과했소!

내가 우리라고 말하는 건 당신도

내적인 성장에 걸맞게 불통상태는 아니라는 의미에서요.

우리 그 경고를 무심하게 흘려듣지 맙시다!

우리는 앞으로 왕들로 살아가는 거요, 여보.

당신도 나도 왕이니까.

세상과 담을 쌓지 말고,

세상의 온갖 크고 좋은 것과도 함께합시다.

또한 벌들이 채취물을 가지고

저녁에 그들의 벌집으로 돌아와

종일 가득 채취한 그것으로 풍요로워지듯

우리도 가정적인 단란함의 테두리 속에서

잠시 없이 살았던 그것을 통해 달콤함이 배가되는 것을 느

낍시다.

왕비:

당신은 그걸 갈망하지만, 나는 그것 없이도 아쉽지 않아요.

국왕:

당신은 사람들이 인정하는 가치기준을 갖고 있다면

지금까지 그걸 하지 않고 살아온 것을 아쉬워할 거요.

하지만 이제 우리 지나간 일은 잊어버립시다!

나는 새로운 길을 나서면서 이런 저런 이유로,

지난날의 잡동사니 같은 상황으로

길이 막히는 것을 좋아하지 않소.

나는 내 잘못에서 빠져나왔다고 말하는 거요.

당신이야 순수하니 그럴 필요가 없지만.

왕비:

그렇지 않아요! 그렇지 않아요!

오, 여보, 당신은 모르시는군요.

얼마나 시커멓고 끔찍한 생각들이

내 불안한 가슴 속에서 방법을 찾았는지를.

국왕:

복수심에 불타고 있는 거요?

그보다는 당신은 용서는 인간의 의무이며,

아무도, 아무리 선한 사람도 안전하지는 않다는 걸

느끼는 게 더 좋을 거요.

우리 서로 복수하고 벌주지 맙시다.

그 여자는 정말이지 죄가 없으니까요.

보통사람들이 그렇듯 그녀는 허영심 많은 연약한 여자로,

저항하지 않고 몸을 맡겼을 뿐이오.

나 자신이, 내가 모든 죄를 떠안겠소.

왕비:

오, 나를 지탱해주고 위로해주는 것이 뭐가 있는지요.

무어족과 그들을 닮은 모든 것들이

사진, 표식, 주문, 불순한 음료로

은밀한, 미친 듯한 요술을 부리고 있으며,

그것이 사람의 가슴 속에서 마음을 뒤집어놓아,

의지를 복종시켜버리고 있어요.

국왕:

우리는 마법들로 둘러싸여 있으며,

우리 또한 마법사들이오.

멀리 떨어져있는 것이 생각을 가까이 접근시키며,

우리가 거부하는 것이 어느 땐가는 우리에게 사랑스럽게 보

이오.

그리고 공공연한 기적으로 가득 찬 세상에서

우리 스스로가 모든 기적 중 가장 위대한 기적이오.

왕비:

그 여자는 당신의 사진을 가지고 있어요.

국왕:

그 애는 사진을 돌려줄 거요.

그리고 나는 그것을 벽에 잘 보이도록 붙여놓을 것이오.

또한 그 밑에 훗날의 손주들을 위해 이렇게 써놓을 것이오.

본래는 전혀 그렇게 나쁘지 않은 국왕이,

자신의 직무와 의무를 망각했으나,

다행히도 다시 제자리를 찾았노라.

왕비:

하지만 당신이 목에 걸고 있는 그것은 –

국왕:

아 그렇지! 그 애 사진? 당신 벌써 그것도 알아챘소?

(그는 사진이 달린 목걸이를 목에서 떼어 전면 오른쪽 탁자 위에 놓는다)

그것을 떼어냈으니 이제 그냥 놔두어요.

천둥이 친 다음 더 이상 해를 입히지 않는 번개인 셈이요.

그 소녀 또한 멀리 떠나가 있소!

이젠 같은 종족의 어느 남자와 –

(앞쪽에서 뒤쪽으로 이리저리 거닐면서 이따금 멈춰서며)

아니 그렇지 않을지도 모르지. – 그 종족의 여자들은

그런대로 괜찮소. – 다만 남자들이

더러운 손과 편협한 욕심을 지니고 있는데,

그런 어떤 놈이 그 소녀를 건드리면 안 되지요.

그 애는 결국에는 더 좋은 사람들의 여자가 되겠지요. –

하지만 우리가 신경 쓸게 뭐 있소? – 이렇든 저렇든,

가까이에 있든 멀리에 있든! – 그네들은 스스로 알아서 해

나갈 텐데.

왕비:

하지만 당신은 굳세게 그 여자에게 머물러있을 거지요, 돈
알폰소?

국왕 *(멈춰서면서)*:

이봐요, 당신은 그 소녀를 알고 지낸 적이 없소.

이 넓은 땅의 모든 잘못들,

어리석음과 허영심, 나약함,

간계, 반항심, 교태, 탐욕을

하나로 뭉친다면 당신은 그 여자의 모습을 갖게 되는 거요.

그리고 내가 마법에 걸렸다고 애매모호하게 말하는 대신,

그 애가 일찍이 내 마음에 들었다고 말한다면

나는 수긍하겠으며,

그것이 결코 자연스럽지 못한 일이었다면 나는 수치스러워

할 거요.

(그는 이리저리 거닌다.)

왕비:

오, 그것은 내 남편으로서 자연스럽지 못하다고 생각해요.

국왕 *(멈춰서면서)*:

이제 마법 얘기 좀 하지요. 그것은 습관이라 불리고,

처음에는 확실하지 않다가 나중에는 확고하게 자리 잡으며,

처음에는 불편을 주며 역겹다고 느껴지는 그것에게서,

우리가 달갑지 않은 인상을 벗겨내면,

계속 이어지는 그것은 높이 솟아올라 꼭 필요한 것이 되는

거요.

신체적으로도 상황은 다르지 않소.

나는 목걸이를 – 이제는 저기 놓여있고,

목에서도 가슴에서도 – 영원히 떼어낸 것을 걸고 있었는데,

내 목과 가슴은 그 느낌에 익숙해져 있소. *(몸을 떨면서)*

그래서 텅 빈 방들을 지날 때면 허전해서 몸이 오싹해지오.

나는 다른 목걸이를 골라야겠소.

몸은 주의를 주며 경고할 때면 헛된 짓을 하지 않소.

그럼 이제 이걸로 충분할 거요! – 당신이 열을 올리며

그 가련한 어리석은 여자에게 복수하려는 것은

좋은 일이 아니오. *(탁자로 다가서면서)* 이 눈을 좀 보시오. –

눈과 목과 몸집,

그것은 하느님이 진정으로 노련하게 조합해 만들어놓은 거

라오.

나중에는 그 애 자신이 일그러뜨려 버렸지만.

그 애에게서 만든 하느님의 작품을 존중하고,

하느님이 지혜롭게 창조해낸 것을 망가뜨리지 맙시다.

왕비:

그거 건드리지 말아요!

국왕:

또 다시 허튼 생각을 하는구려!

내가 이 사진을 정말로 손에 쥔다면,

(그는 사진을 손등에 올려놓는다.)

그렇다고 내가 다른 사람이 되는 거요? 내가 그 목걸이를

장난삼아, 당신을 놀려주기 위해, 목에 걸고,

(그는 그렇게 한다.) 가슴에 그 사진을 감추고 당신을 놀라게 한

다고 하여,

잘못을 저지른 걸 잘 알며 그 잘못을 저주하는

알폰소가 아닌 다른 사람이 되는 거요?

그러니 이제 허튼 생각 그만 하오.

(그는 탁자에서 멀리 떨어진다.)

왕비:

하지만 −

국왕 *(왕비 쪽을 사납게 바라보면서).*

뭐요?

왕비:

오, 세상에 이럴 수가!

국왕:

여보, 놀라지 마오. 정신 좀 차리고,

내가 같은 말을 되풀이하지 않도록 해주오.

마침내 나에게 차이를 상기시키고 있소.

(탁자 위를, 그런 다음 자신의 가슴을 가리키면서)

저기 저 소녀 − 이제는 여기에 있는 −

이 아이는 어리석었으며, 그래서 어리석은 모습을 보였고,

똑똑하게 굴려고 하지 않았지만 경건하고 예의바른 아이
였소.

미덕 있는 여자들의 속성은

끝없이 미덕을 무기로 삼는 거요.

당신은 마음이 아플 때 그들처럼 미덕으로 위안을 받고,

쾌활한 기분이 되지만,

그것은 또 마침내 당신에게서 그 쾌활함을 빼앗고,

죄악이 유일한 구제책이라는 걸 내보인다오.

우리가 미덕이라고 부르는 것들은 공허한 모습이 아니며,

시간과 상황에 따라 다양하고 다채롭고,

결점이 있는 것도 아니고, 그렇다고 장점이 있는 것도 아니오.

나는 목에서 목걸이를 떼어버리겠소.

그것이 내 기억을 – 그런데 레오노르,

당신이 봉신들과 연대를 한 것은

좋은 일이 아니고, 현명하지 못하며, 불쾌한 짓이었소.

당신이 내게 분노하는 것은 당신의 권한이오.

하지만 내 신하들인 이 남자들은,

그들은 어떻게 할 것 같소?

내가 아직 자신이 처한 주변상황도 모르는

꼬마 소년이란 말이요?

그들은 나라의 걱정거리를 나와 함께 나누고 있으며,

나는 그 같은 걱정거리를 처리하는 건 내 의무라는 걸 잘 알

고 있소.

그런데 내가, 알폰소가, 인간이자 남자인 내가,

내 집에서, 내 존재와 본질 속에서

이 나라 신하들에게 해명을 할 책임이 있단 말이오?

그렇지 않소! 그리고 나는 오로지 내 분노의 목소리밖에 듣

지 못했고,

내가 갔던 곳에서 신속히 돌아왔는데,

그것은 오로지 내가 그들의 판단에,

그들의 동의에 복종하지 않겠다는 것을 보여주기 위해서요.

(앞으로 걸어 나오면서 발로 바닥을 세차게 치며)

그리고 이 늙은이, 돈 만리케,

그는 내 후견인이었는데, 아직도 그런가?

(돈 만리케가 가운데 문에서 나타난다. 왕비는 남편을 향해 양손을 움켜쥔다.

만리케는 두 손으로 진정하려는 듯한 동작을 하며 되돌아간다.)

그가 감히 국왕에게

자신의 지혜로 구워낸 규범을 내보이려 한다지?

그것도 은밀하고 파렴치한 행동으로 ―?

(무대를 가로질러 이리저리 거닐면서)

나는 심판관으로서 그것을 조사할 것이며,

범행에 관한, 무도한 의도나 행위에 관한

단서가 드러날 것이고,

그 범죄자가 나와 가까운 사이인 만큼, 아니 최측근인 만큼

더더욱 자신의 무례한 행위에 대해 가혹한 대가를 치룰 것

이오.

하지만 레오노르, 당신은 죄가 없소.

(왕비는 국왕이 말하는 사이 오른쪽 옆문을 통해 조용히 사라진다.)

왕비는 어디 갔소? 이렇게 나를 홀로 놔두는 건가?

내가 내 집에서 바보란 말인가?

(그는 오른쪽 옆문으로 다가간다.)

나는 왕비에게 가야겠어! ‒ 문이 잠겼어?

(문을 발로 차 부수면서)

열렸군!

그럼 나는 돌풍 속에서 가정의 행복을 맞이해야지.

(그는 안으로 들어간다.)

(돈 만리케와 가르세란이 가운데 문에서 나타난다. 가르세란은 문지방을 넘어

한 발짝 내딛는다.)

만리케:

　　너 우리와 함께하겠느냐?

가르세란:

　　아버지!

만리케:

　　싫으냐?

　　다른 사람들은 앞서 가고 있다. 뒤따르겠느냐?

가르세란:

　　따르겠습니다.

(그들은 다시 돌아가고, 문이 닫힌다. - 휴지. - 국왕이 돌아온다. 조심스레 듣는
자세를 취하면서)

국왕:

　　다시 들어보자! - 아무 것도 없고, 모든 게 잠잠하네. -

　　내 아내의 방은 텅 비어있고, 내박쳐져 있네.

　　그런데 돌아오면서 나는 구석방에서

　　마차와 말들이 멀리 있는 무언가를 찾아 전속력으로 달리는

　　소리를 들었는데.

　　나는 혼자란 말인가? 헤이, 가르세란! 라미로!

(시종이 왼쪽 옆문에서 나온다.)

무슨 일이지? 여기서 무슨 일이 벌어지고 있는 거야?

시종:

전하,

성은 아무도 없이 텅 비었습니다. 지금은 전하와 저만이

유일한 거주자로 살고 있습니다.

국왕:

왕비는?

시종:

마차로 성을 떠나셨습니다.

국왕:

벌써 톨레도로 돌아갔단 말이냐?

시종:

모르겠습니다.

하지만 그 사람들은 –

국왕:

어떤 사람들 말이냐?

시종:

귀족들 말입니다.

그들은 다 함께 자신들의 말에 올라,

톨레도로 가는 길로 들어서지 않고,

바로 그 여자에게 가는 길로 갔습니다.

국왕:

하! 레티로로?

내 어떻게 된 건지 실상을 분명히 알겠구나.

그건 살인이지! 그 자들은 그들을 죽이러 가고 있다.

내 말! 내 말!

시종:

전하, 전하의 말은

전하의 명령에 따르느라 발을 삐어 절름거리게 되었는데 -

국왕:

그럼 다른 걸로, 가르세란의 말로, 너의 말로.

시종:

사람들이 말을 몽땅 끌고 나갔는데,

아마도 야외로 사냥을 나간 듯합니다.

마구간들도 성과 마찬가지로 텅 빙어 있습니다.

국왕:

그들은 나를 앞질러 갈 생각을 하고 있다. 가자!

어떻게든 말 한 필을 준비해라.

그것이 밭을 가는 말이라면,

나는 복수를 위해 말에 날개라도 달 것이다.

그리고 그렇게 되면? - 그러면 훌륭하신 하느님은,

내가 폭군이 아닌 인간으로서

죄와 죄인을 벌하는 걸 허하실 거다.

말 한 필 준비하라!

그렇지 않으면 너는 다른 모든 놈들과 마찬가지로
목숨을 바칠 각오를 해라.
(문 옆에 멈춰 서서 격한 몸짓으로)
모든 놈들과 마찬가지로! *(그는 서둘러 나간다.)*

(막이 내린다.)

5막

가운데문과 두 개의 옆문이 있는 레티로 성 안의 홀. 여기저기에 파괴의 흔적. 앞면 왼쪽에는 흐트러진 도구들이 놓인 화장대가 넘어져 있다. 뒷면 오른쪽에는 마찬가지로 넘어진 탁자가 있는데, 그 위에는 액자에서 반쯤 삐져나온 그림이 놓여있다. 방의 가운데에는 의자 하나가 있다. 어둡다.

밖, 가운데 벽 뒤에서 사람들의 목소리와 발걸음소리, 무기들이 삐거덕거리는 소리가 소란하게 뒤엉켜 들리고, 마침내

밖에서:

　　이 정도면 됐다! 신호를 울리고! 말들에게로!

(목소리들과 발걸음소리가 멀어진다. - 휴지. 그런 다음 늙은 이삭이 오른쪽 옆문에서 나오는데, 질질 끌리는 모포를 머리 위에까지 쓰고 있다가 나중에 벗겨 내린다.)

이삭:

　　이제 그들은 떠났지? - 아무 소리도 안 들리네. *(뒷걸음질 치면서)* 하지만 -
　　그래 여전히 아무 소리도 안 들려.
　　그들이 도둑놈들처럼 성을 샅샅이 뒤질 때

나는 숨어있었지.

바닥에 웅크려 꼼짝 않고 있었고,

이 모포가 내게는 지붕이자 우산이었지.

그런데 이제 어디로 간담? – 내가 모아둔 것과 벌어들인 것을

오래 전에 정원에 파묻어두었는데.

그건 소동이 지나가고 나면 나중에 가져가야지. –

문은 어디에 있지? 내 목숨은 어떻게 건지지?

(에스터가 왼쪽 문에서 나온다.)

누구지? 어이구 죽겠구나!

에스터:

아버지 아니세요?

이삭:

너로구나, 라헬?

에스터:

무슨 말이에요? 라헬이라니요? 저는 단지 에스터일 뿐인데!

이삭:

단지라니, 너 단지라고 말했니? 애야, 너는 내 유일한 딸이고,
최고의 딸이기에 유일한 딸이야.

에스터:

그보다는 이렇게 말하셔야지요.

유일한 딸이기에 최고의 딸이라고.

아버지, 아버지는 오늘 벌어진 습격에 대해 아무 것도 모르시고,

또 그들의 분노가 온통 누구 때문인지 모르세요?

이삭:

나는 모르며 알고 싶지도 않다.

라헬은 안전한 곳으로 달아났겠지.

오, 그 애는 현명하니까. - 하느님 아버지!

당신은 왜 나를, 이 가련한 늙은이를 찾아,

내 아이들의 입을 통해 내게 말을 하시는 건지요?

하지만 나는 믿지 않아. 그런 일 없어. 없어!

(그는 가운데 놓인 의자에 머리를 기댄 채 주저앉는다.)

에스터:

겁에 질린 공포심에 의해 강해질 수 있으면 좋을 텐데.

하지만 저는 그렇지 못해 어땠는지 말씀드릴게요.

그들이 왔을 때 저는 잠에서 깨어,

멀리 가장 안쪽에 있는 끝 방으로

동생을 돕기 위해 급히 뛰어갔어요.

그때 누군가가 손으로 세차게 저를 붙잡아서

바닥에 내동댕이쳤지요. 그리고 겁쟁이인 저는

동생을 위해 목숨을 바쳐야 할,

적어도 동생과 함께 죽어야 할 그때

정신을 잃고 말았지요.

제가 깨어났을 때 일은 이미 벌어졌고

어떤 수단으로도 되돌릴 수 없었어요.

그래서 저는 울 수밖에 없었고, 머리칼을 쥐어뜯었지요.

그런 저는 정말이지 겁쟁이 여자일 수밖에요.

이삭:

그들이 이런 저런 얘기를 하는구나. 하지만 나는 믿지 않
는다.

에스터:

제가 아버지 의자에 좀 앉을게요, 아버지.

(그녀는 의자를 앞으로 당긴다.)

저는 사지에 힘이 빠져 축 늘어지네요.

제가 여기에 머물면서 망을 보겠어요.

(그녀는 앉는다.) 어쩌면 누군가는 수확을 끝낸 후

그루터기들을 불태워야 한다는 생각이 들어

돌아와서 남아있는 사람을 죽일지도 몰라요.

이삭 *(바닥에서)*.

나는 아니겠지! 나는 아니겠지! - 누군가 여기로 오는구나.

들어봐라!

아니야, 여러 명이야. - 나 좀 지켜다오, 네게 달아나야겠다.

(그는 그녀의 의자로 달아나 바닥에 웅크리고 앉는다.)

에스터:

제가 아버지를 지켜드릴게요.

다시 어린애가 된 늙으신 아버지의 엄마와도 같이요.

죽음이 닥쳐오면 아버지는 자식 없이 돌아가시는 거고,

저는 먼저 가서 동생을 뒤따르겠어요.

(가운데문 안에서 국왕이 횃불을 든 시종과 함께 나타난다.)

국왕:

더 깊숙이 밀고 들어가야 하나? 무슨 일이 벌어졌는지를

이미 알았으니 그걸로 충분한 것 아닌가?

성은 온통 파괴되고, 초토화되고, 폐허화되어,

구석구석에서 쩌렁쩌렁하게 나에게 외쳐대는구나.

너무 늦었다! 끔찍한 일은 벌어지고 말았다고.

그리고 그 책임은 전혀 동의하지 않겠지만

우유부단하게 망설인 극악무도한 네 놈에게 있다.

하지만 네 놈은 눈물을 흘리고 있는데, 눈물은 거짓말을 못

하지.

이리 보아라, 나도 울고 있다. 오로지 분노로,

충족되지 못한 복수욕으로 말이다.

횃불을 여기 이 원통 안에 꽂아두고

마을로 가거라. 그리고 마을사람들을 모아서

이곳 성 안에 마련된 우발사고 대비용 무기로

132

무장하도록 명하라. 나는 아침이 밝으면

통지문을 통해 주변의 신민들에게

가혹한 작업과 노력을 명할 것이다.

내가 그들의 맨 앞에서 복수심을 불태우며 걸어가겠으며,

반은 신하이고 반은 주인인,

손수 복종하면서 주인으로 지배하는,

말하자면 지배자이면서 피지배자인

그 고급귀족들의 성들을 모조리 부숴버릴 것이다.

그리하여 그 잡종들을 완전히 쓸어내 복수하겠다.

자신들의 핏줄에 흐르는 피를 자랑스러워하던 그들이

자신들의 칼을 적신 낯선 피를 자랑스러워했겠지.

횃불을 여기에 두고 가거라! 나는 혼자 남아서

내 복수심을 열렬히 불러일으키겠다.

(시종은 횃불을 문 옆 원통에 꽂아두고 나간다. - 국왕은 한 발짝 앞으로 나서면서)

거기 움직이는 게 뭐냐? 여기에 아직 살아남은 게 있느냐?

대답하라!

이삭:

자비로우신 악당님,

그대 고귀하신 살인자여, 우리를 살려주십시오!

국왕:

자네로군, 노인장?

내게 그 애가 자네의 아이라는 걸 회상시키지 말게.

그러면 내 마음 속 그 애의 모습을 작아지게 할 테니까.

그리고 너는 에스터, 그렇지 않느냐?

에스터:

그렇습니다, 전하.

국왕:

그리고 일은 이미 벌어졌느냐?

에스터:

그렇습니다.

국왕:

나는 이미 성에 들어설 때 다 알아차렸지.

그래서 탄식도 나오지 않는구나!

가득 찬 물통에 물을 더 부으면 가장자리에서 물이 흘러나가

그 안의 독을 약화시키는 법이지.

그 애가 살아있었을 때 나는 그 애를 떠나려했지.

이제는 그 애가 죽는다 해도 그 애는 결코 나를 떠나는 게

아니며,

내 가슴 위에 걸린 그 애의 이 사진 또한

마음 깊이 새겨져 내 가슴 속에서 뿌리를 뻗어나갈 거야.

그 애를 죽인 것은 바로 나 자신이었지 않은가?

그 애는 내게서 멀리 떠나 여기에 머물고 있어도 여전히 어

린애로

장난을 치며 즐거워하고 다른 사람들을 기쁘게 했겠지.

어쩌면 - 그렇지 않았을 수도 있지! 그렇지 않았을 거야!

다른 어떤 놈도 그 애의 손을 건드려서는 아니 되고,

그 누구의 입술도 그 애의 입술을 가까이해서는 아니 되며,

그 어떤 무례한 팔도 - 그 애는 왕의 여자였고,

본 적은 없지만 그 애는 애초부터 내 여자였고,

그 매혹적인 힘은 왕좌에 앉은 권력자의 것이었지.

이삭:

저 분은 라헬에 대해 말씀하시는 거냐?

에스터:

맞아요, 아버지의 딸에 대해.

고통이 큰 만큼 잃어버린 가치도 더더욱 크게 되는 거지요.

말씀드리는데, 아버지는 그 애를 너무 높이 평가하세요.

국왕:

그렇게 생각하느냐? 네게 말하는데, 우리는 그저 하찮은 그 림자일 뿐이다.

나도, 너도, 그리고 무리를 지어 사는 수많은 다른 사람들도 말이다.

너는 착해야 한다는 걸 배웠고,

나는 존경받아야한다는 것 외에는 다른 걸 알지 못했다.

저 살인자들이 지금 같은 모습을 보이고 있는데,

일찍이 그들의 아버지들도 이런 경우 그랬었다.

세상은 영원한 메아리일 뿐이고,

세상의 모든 수확은 곡식을 뿌려 곡식을 얻는 것이다.

그러나 그 애는 비록 비뚤어져있었지만 진실이었으며,

그 애가 한 모든 행동은 그 애 스스로에게서 나왔고,

아주 갑작스럽게, 예기치 않게, 전례 없이 이루어졌다.

그 애를 본 다음부터 나는 내가 살아있다는 걸 느꼈고,

침울하고 단조로운 나날 속에서

그 애야말로 내게 본질이자 형상이었다.

말하자면 아라비아의 사막에 유랑자가 있었는데,

오랫동안 모래땅에서 고통을 당하면서

머리 위에서 이글거리는 태양을 견뎌내다가

갑자기 메마른 바다물결에 부딪혀 떨어져나간

꽃이 피어있는 섬을 만나게 된 거나 마찬가지다.

그 섬에는 꽃들이 활짝 피고, 나무들이 그늘을 드리우고,

풀들의 입김이 부드럽게 대기 속으로 솟아올라

하늘 아래에 둥글게 또 다른 하늘을 펼치고 있었다.

하지만 수풀 속에서는 뱀들이 동아리를 틀고 있었고,

맹수 한 마리가 목이 말라 고통스러워하며,

시원한 샘물로 가는 길을 찾고 있었다.

그러나 유랑자는 즐거웠으며, 유랑에 지쳐

탐욕스런 입으로 그 청량음료를 마시고,

생기 넘치는 어린 풀 속에 몸을 던졌다.

그 생기 넘치는 어린 풀을. 정말로! 나는 그 애를 보고 싶구나.

다시 한 번 그 위풍당당하게 만들어진 사지를,

그 입을, 숨을 들이마시고 생기를 내뿜었으나,

이제부터는 영원히 다문 채

내가 자신을 제대로 지켜주지 못했다고 비난하는 그 입을 말이다.

에스터:

그러지 마십시오, 오, 전하! 일은 벌어진 것이니,

그냥 내버려 두십시오. 우리에게는 슬픈 일이겠지만,

전하, 전하는 전하의 국민들과 떨어지지 마십시오.

국왕:

그렇게 생각하느냐? 내가 국왕이라는 것, 너도 잘 알지 않느냐?

사람들은 그 애뿐만 아니라 나도 모독했다.

나는 왕위에 오르던 날

정의를 지키고 모든 죄를 벌하겠노라고 맹세했으며,

죽는 날까지 그 맹세를 지킬 것이다.

그러기 위해 나는 강인해져야 하고, 가혹해져야만 한다.

사람들은 인간에게 고귀하고 값진 모든 것을 동원해

내 분노를 가라앉히려 하고 있기 때문이다.

내 어린 시절의 추억,

남자로서 신부와의 첫 만남,

우정과 감사, 친절 등으로.

나의 삶은 전체가 험악하게 하나로 뭉뚱그려져서

무장을 한 채 나에게 맞서려 하고,

나 스스로와 싸우도록 내게 요구하고 있다.

그러기에 나는 나 스스로와 멀어져야만 한다.

모든 벽들에서, 이 구석, 저 구석에서

그 애는 여리기에 그 만큼 더 매력적이기도 한

앞서의 아름다운 모습을 내게 보여주고 있다.

나는 찢기고, 손상되고, 학대받은 그 애를 볼 것이며,

그 애의 모습을 바라보며 전율에 빠질 것이고,

그 애의 몸에 난 온갖 상흔을

여기 내 가슴 위에 달린 그 애 사진과 비교해보고,

그런 비인간적인 자들에 맞서 똑같이 비인간적이 되는 것을

배울 것이다.

(그때 에스터가 일어난다.)

내게 아무 말도 하지 말라! 나는 그렇게 할 것이다.

그리고 나처럼 불타고 있는, 오로지 때려 부수기 위해 반짝

이고 있는

이 횃불이 나를 인도해줄 것이다.

그 애가 저 안쪽 끝 방에 있고,

그곳은 내가 자주 – ?

에스터:

그 애는 거기에 있었고, 지금도 그대로 남아 있습니다.

국왕 *(횃불을 움켜쥐며)*:

내가 가는 길에 피를 볼 것이란 생각이 드는구나.

피로 향하는 길이지. – 오, 끔찍한 밤.

(그는 왼쪽 옆문으로 들어간다.)

이삭:

우리는 어둠 속에 있구나.

에스터:

그래요, 어둠에 둘러싸여 있고,

끔찍스런 밤의 불행이 에워싸고 있어요.

하지만 날이 밝아올 거예요.

제가 그곳까지 사지를 이끌고 갈 수 있을지 시도해보겠어요.

(그녀는 창문으로 가서 커튼을 젖힌다.)

벌써 동이 트고 있고, 희미한 먼동 빛이

몸서리치듯 파괴의 참상을,

어제와 오늘의 달라진 광경을 바라보고 있어요.

(바닥에 흩어져있는 장신구들을 가리키며)

저 울긋불긋한 헛된 물건들 때문에 우리가,

그래요, 우리가 – 저기서 자기 책임이라고 말하는 그가 아닌 –

오로지 우리가 동생을, 아버지의 어리석은 아이를 희생시켰

어요.

벌어진 모든 일은 당연해요. 한탄해봤자

자기 자신과 스스로의 어리석음을 책망하는 것이지요.

이삭 *(의자에 앉는다).*

여기에 좀 앉아야겠다. 국왕이 오신 다음부터는

왕비도, 함께 올 모든 사람들도 두렵지 않구나.

(가운데 문이 열린다. 만리케와 가르세란, 그들 뒤로 아이를 손에 잡고 이끄는

왕비와 여러 고관들이 들어선다.)

만리케:

여기로 들어들 오셔서 우선 서 계시지요.

우리는 국왕께 죄를 지었습니다.

좋은 의도로 그랬지만 옳은 일은 아니었습니다.

우리는 심판을 피하지는 않을 것입니다.

에스터 *(반대편에서 넘어진 탁자를 휙 당겨 일으켜 세우며):*

이 엉망진창이 된 것을 원래대로 복구해놓으시지요!

왕비께서 우리가 놀라거나 겁을 먹고 있다고 여기지 않게

해주세요.

왕비:

그들이, 또 다른 그 자들이 여기에 있구려!

만리케:

물론이지요!

그 애는 우리를 위협할지도 모르는 일을 이미 준비해뒀을
겁니다.

괜찮으시다면 열을 지어 서시지요.

왕비:

내가 맨 앞에 서지요. 내가 가장 큰 책임을 져야 할 사람이
니까.

만리케:

그렇지 않습니다, 고귀하신 왕비님! 말씀은 내리셨지만

그 말씀이 실행되었을 때 왕비님은 몸을 떠셨고,

반발하면서 선처를 권고하셨지요.

우리에게는 워낙 상황이 급박했기에 소용없게 되었지만요.

저 또한 우리에게 고귀한 존재이시며,

국왕에게서 왕권을 이어받으셨으면 하고 희망하는 분에게로

국왕의 최초의 분노가 폭발하는 것을

원하지 않습니다.

그 일은 제 자신이 행했습니다. 하지만 마구잡이로 한 게 아
니고,

오로지 신중하게, 더할 나위 없이 강한 동정심으로 행했습
니다.

제가 왕비님의 앞에 서겠습니다. 그리고 너, 내 아들아,

너는 네가 비록 돕지는 않았지만 막지 못한 일을

신하로서 옹호함으로써

너의 노력을 다시 인정받도록 하고,

네가 돌아온 것이 잘못된 일이 아니라는 것을 내보일

용기가 있느냐?

가르세란:

준비 되어 있습니다. 저는 아버지의 편에 서서

국왕의 최초의 분노와 마주하겠습니다.

에스터 *(건너편으로 소리치며).*

거기 당신네 살인자들은 몽땅

어떤 죽음과 벌을 받아도 마땅하지만

재앙은 이미 벌어진 것이고,

나는 참상이 커지는 걸 원치 않아요.

국왕은 저 안에서 내 동생 옆에 계신데,

그 전에 이미 격분하셨지만, 동생의 모습을 보시고

또 다시 더 큰 분노를 일으키실 겁니다.

저기 저 부인과 아이 또한 불쌍하다는 생각이 드는데,

반은 책임이 없지만 그래도 반쯤은 책임이 있기도 하지요.

그럼 아직 시간이 있으니까 가세요. 그래서 심판관이 되기에는

아직 지나치게 흥분해 있는 복수자와 부딪히지 마세요.

만리케:

이봐, 우리는 기독교도야.

에스터:

그래요, 당신은 그걸 보여주었지요.

나는 그 유대인 여자애를 찬양해요, 진심으로!

만리케:

우리는 기독교도들로서 우리가 저지른 잘못을

겸허하게 속죄할 준비 또한 되어 있습니다.

여러분들의 검을 내려놓으십시오. 내 검도 여기 내려놓았습니다.

신하 쪽에서의 방어는 보호받는 것을 뜻합니다.

이미 우리들 중 몇몇은 순종할 것인지를 놓고 싸우고 있는데,

순종하는 것은 모두가 지고 있는 죄를 나누는 것입니다.

(모두가 만리케 앞 바닥 위에 검을 내려놓는다.)

이렇게 하고 기다리는 겁니다. 아니 누군가 한 사람이 가서

국왕을 최대한 빨리 만나는 게 좋을 것 같습니다.

나라의 급박한 상황은 국왕이 정신을 차릴 것을 요구하고 있으며,

비록 후회만 하게 되더라도 신속한 행동을 해야 합니다.

그로 인해 우리가 희생자가 될지라도 말입니다.

아들아, 네가 가라!

가르세란 *(몇 발짝 걸어가다가 돌아서면서)*:

국왕이 손수 여기로 오셨습니다.

(국왕이 옆방에서 뛰어나온다. 몇 걸음 걸어가다가 돌아서서 문을 응시한다.)

왕비:

오, 세상에 이럴 수가!

만리케:

왕비님, 진정하십시오.

(국왕이 앞쪽으로 걸어간다. 그는 졸면서 안락의자에 누워있는 늙은 이삭 앞에 팔짱을 끼고 멈춰 선다. 그런 다음 전면을 향해 걸어간다.)

에스터 *(늙은 이삭에게)*:

보세요, 아버지의 적들이 떨고 있어요. 기쁘세요?

저는 그렇지 않아요. 죽은 그 애는 결코 깨어나지 않아요.

(국왕은 전면에서 양손을 바라보고, 깨끗이 씻어내기라도 하는 듯 손을 서로 비빈다. 그런 다음 상체에 대고 똑같은 동작을 한다. 마지막으로 양손을 목으로 가져가 목둘레를 훔치는 동작을 한다. 이 자세로 여전히 양손을 목에 두른 채 서서 앞쪽을 뚫어지게 바라본다.)

만리케:

　　국왕 폐하! 전하!

국왕 *(격분하면서)*:

　　그대로군? 적시에 왔구려. 그대를 찾고 있었는데.

　　그리고 모두를. 그대는 내게 많은 수고를 덜어주었구려.

　　(그는 앞쪽으로 걸어 나가 분노의 눈길로 그들을 빤히 쳐다본다.)

만리케 *(바닥에 놓여있는 무기들을 가리키며)*:

　　우리는 무기를 내려놓았습니다. ─

국왕:

　　칼들이 보이는군. 그대는 나를 죽이러 왔지요?

　　그대의 작업을 완수하시오. 여기 내 가슴이오.

　　(그는 자신의 옷을 열어젖힌다.)

왕비:

　　더 이상 그게 없네!

국왕:

　　무슨 소리요, 아름다운 부인?

왕비:

　　그 사악한 사진이 목에서 사라졌군요.

국왕:

　　그걸 가지러 가겠소.

　　(그는 두어 발짝 옆문을 향해 걸어간 다음 멈춰 선다.)

왕비:

이럴 수가, 여전히 변하지 않았으니!

만리케:

전하, 우리는 얼마나 큰 잘못을 저질렀는지 잘 알고 있습니다.

무엇보다도 전하 자신과 전하의 고결한 정신을 믿으면서

전하에게로 돌아가지 않은 것이 그렇지요.

그러나 시간은 우리보다 더 급박했습니다.

나라가 흔들리고 있습니다. 국경에 있는 적은

방어와 대항에 나설 것을 요구하고 있습니다.

국왕:

적들은 벌해야 하지, 그렇지 않소?

자네는 내가 그런 적들에 포위되어 있다고 제대로 주의를

주는구려.

어이, 가르세란!

가르세란:

저 말입니까, 전하?

국왕:

그래, 자네 말이네. 자네는 나를 배신했지,

자네가 내 친구였는데도. 내게로 가까이 오게.

저기에 있는 저 소녀에 대해 어떻게 생각하고 있는지 말해

주겠나?

이봐 ─ 자네가 죽이는 걸 도왔던 그 소녀 ─ 그 얘기는 나중

에 하고.

자네는 그 애가 아직 살아있을 때는 그 애를 어떻게 보았나?

가르세란:

전하, 그녀는 아름다웠습니다.

국왕:

그래! 그리고 또?

가르세란:

하지만 음탕하고 경박하며, 사악한 술책으로 가득 차있기도
했습니다.

국왕:

그걸 왜 일찍이 나에게 말해주지 않고 입을 다물고 있었
는가?

가르세란:

전하께 말씀드렸습니다.

국왕:

그런데 내가 그 말을 믿지 않았다는 건가?
어떻게 된 건가? 말 좀 해보게!

가르세란:

왕비님께서는
마법에 걸리신 게 아닌가 생각하십니다.

국왕:

그건 미신이네.
미리 예상한 것을 추종하며 믿는 것이지.

가르세란:

전하의 행동은 한편으로는 분명 자연스럽기도 했습니다.

국왕:

궁극적으로 자연스러운 건 허용된 것뿐이라네.

그리고 나는 국왕이고, 온화하고, 정의롭지 않았던가?

내 민족과 내 모든 사람들의 우상이었지.

생각이 텅 비지도 않았고, 모든 사람들 앞에서 눈이 멀지도

않았지.

자네에게 말하는데, 그 애는 아름답지 않았네.

가르세란:

그게 무슨 말씀이십니까?

국왕:

뺨과 턱과 입 주변에서 보이는 사악한 표정,

무언가를 숨기고 있는 불타는 눈길이

그 애의 아름다움을 해치고, 일그러뜨렸네.

나는 그것을 관찰하고 비교해보았네.

내가 한편으로는 분노가 치솟을까봐 걱정하면서도

분노를 자극하려고 그곳에 들어섰을 때

상황은 내가 생각했던 것과는 달랐네.

지난날의 생기 넘치는 모습들 대신

한 여자이자 아이이며 서민이 내 눈에 들어왔지.

동시에 그 애는 얼굴을 찡그리는 듯했고,

나를 붙잡으려고 양팔을 움직이는 듯했지.

그래서 나는 그 애의 사진을 구덩이 속에 내던지고는

자네가 보다시피 여기로 와서 몸서리를 치고 있네.

하지만 이제 가게! 자네가 나를 배신했으니,

자네를 벌해야만 하는 것이 유감스럽네.

자네 아버지 편에, 다른 사람들 편에 들어서게.

모든 것이 자네 책임이니 달라지는 건 없지.

만리케 *(세찬 목소리로)*:

그럼 당신에게도 책임이 있지 않습니까?

국왕 *(잠깐 쉬었다가)*:

저 사람 말이 맞아. 내게도 책임이 있지.

하지만 아무도 순수하지 않고 곳곳에 범죄자들만 있다면

세상은, 내 가련한 나라는 어떻게 된단 말인가?

그런데 여기 내 아들이 있구나. 너는 우리들 한가운데로 들어와서,

좀 더 고귀한 심판자가 우리를 용서할 때까지

이 나라의 수호신이 되어야 하느니라.

돈나 클라라는 내 아들을 손잡고 데려오너라.

너에게는 이날까지 아무 거리낌 없이

삶을 이끌어 올 숙명이 주어졌었지.

너는 우리들 가운데에 순진무구함을 보여준 값진 존재지.

하지만 잠깐! 여기 엄마가 있구나. 그녀가 한 행동은

자기 아이를 위한 것이었다. 그녀는 용서되었다.

(그때 왕비가 앞으로 나와 무릎을 꿇는다.)

성모 마리아님, 저를 벌하시겠습니까? 어떤 자세를 취하면
당신을 마주하는 데 어울리는지 보여주시겠습니까?
카스티야인들은 여기를 보라! 여기 그대들의 국왕이 있는데,
그를 대신하는 여자 지배자가 있으니,
나는 그저 내 아들의 용병대장일 뿐이로다.
왜냐하면 순례자들이 십자가를 내보이며
예루살렘을 향해 참회의 길을 떠나듯
나는 내 잘못을 인식하고,
멀리 아프리카에서 건너와 국경에서
내 민족과 내 조용한 나라를 위협하는
저 이교도들에 맞서 그대들을 이끌 것이기 때문이다.
그런 다음 나는 다시 돌아와 승리자로서 하느님께 나설 것
이며,
그러면 그대들은 내가 지금 훼손당하고 있는 권리를
다시 지킬 만한 자격이 있는지 말해야 할 것이다.
나와 마찬가지로 그대들 모두도 형벌을 받게 되는데,
그대들은 떼 지어 몰려 있는 우리의 적들 속으로
모두 함께, 무엇보다 먼저 나를 따라야 하기 때문이다.

그리고 쓰러져 죽는 자는 모두를 위해 속죄한 것이다.

그렇게 나는 여러분들과 나를 벌하겠다. 여기 내 아들을

왕좌에 앉히는 것과 같이 방패 위에 앉히라.

그는 오늘 이 나라의 국왕이기 때문이다.

그리고 그렇게 무리지어 사람들 앞에서 걸어가자.

(방패를 가져온다.)

너희 여자들은 양쪽에서 아이의 손을 붙들어라.

아이의 첫 번째 왕관은 미끄럽다. - 두 번째 왕관처럼.

가르세란, 자네는 내 옆에 머무르게.

우리는 똑같이 경솔함을 버려야 하고,

온 힘을 합친 듯이 싸우세.

그리고 자네가 나처럼 정화가 되었다면,

아마도 그녀의 애정과 눈빛의 그 차분함과 순수함이

자네를 값지게 할 걸세.

돈나 클라라! 그대는 그를 좋은 사람으로 만들어야 하네, 꼭!

주의를 주는 식으로만이 아니라 애정을 주고받는 방식으로도

그를 덕 있는 사람으로 만들게. 그것이 많은 것을 지켜줄 걸세.

(멀리서 트럼펫 소리)

그대들은 들리오? 그들이 우리를 부르고 있소. 그들은 내가

그대들에 대항할 원조자들로서 불러 모은 사람들이며,

국경에서 위협하고 있는 우리 모두의 적인

지독한 무어족과 맞서 우리를 도울 준비가 되어 있소.

나는 그놈들을 치욕과 상처를 입혀

자기네 땅인 메마른 사막으로 돌려보낼 것이며,

그럼으로써 우리의 나라는 불법행위로부터 벗어나

안과 밖으로 굳건히 지켜질 것이오.

나가자! 앞으로! 하느님께서 승리를 내려주시리라.

(행렬은 이미 정돈되어 있다. 앞에는 몇몇 봉신들이 있고, 그 다음에는 방패 위
에 앉은 아이가 양쪽에서 여자들의 손을 잡고 있으며, 나머지 남자들이 그 뒤
에 서있다. 맨 뒤에서는 국왕이 친밀하게 가르세란의 부축을 받고 있다.)

에스터 *(아버지에게 몸을 돌려)*:

보시다시피 그들은 벌써 기분 좋게 즐거워하고 있으며,

미래를 위한 혼례를 올리고 있어요.

그들은 고귀한 사람들이며, 화해의 축제에

미천한 사람 하나를 희생물로 살육하여

아직 피가 마르지 않은 손으로 악수를 나누고 있어요.

(무대 가운데로 들어서면서)

그렇지만 나는 그대 오만한 국왕께 말하겠는데,

가세요, 화려한 망각 속으로 들어가세요. —

당신은 내 동생의 위력에서 풀려나있지요.

동생에 대한 예리한 인상의 침 끝이 무뎌지고,

그래서 언젠가 당신을 유혹했던 것으로부터 빠져나왔으니까요.

살육의 날 당신의 우왕좌왕하던 대열이

적대세력의 막강한 힘에 의해 흔들릴 때,

순수하고 굳건하고 결백하게 자라온 오직 하나의 가슴만은

위험과 위협을 마주하고 있었지요.

귀를 닫고 있는 저 하늘을 올려다본다면,

그 희생자의 모습이

당신을 유혹했던 풍만하게 아름다운 모습이 아닌,

당신에게 혐오스럽게 보인 비틀리고 찌그러진 모습으로 내려와

당신의 겁내며 불안해하는 영혼 앞으로 다가서겠지요!

그러면 당신은 분명 후회 또한 하면서 가슴을 치고,

그 톨레도의 유대여인을 생각하겠지요.

(늙은 아버지의 어깨를 붙들며)

가요, 아버지, 가세요! 우리는 거기서 할 일이 있어요.

(옆문을 가리키며)

이삭 *(잠에서 깨어나는 듯)*:

하지만 내 금을 찾아야 하는데.

에스터:

아직도 그걸 생각하세요?

슬픔과 고통을 눈앞에 마주하고도.

그러면 나는 내가 내뱉었던 저주를 거둬들이겠어요.

그러면 아버지도 죄가 있는 것이며, 나도 – 또한 그 애도,

우리 모두가 저들과 똑같이 죄인의 대열에 서게 되는 거지요.

하느님이 우리를 용서해주시도록 우리가 용서를 해요.

(옆문을 향해 양팔을 뻗친다.)

(막이 내린다.)

작가와 작품 해설

1. 프란츠 그릴파르처의 삶과 문학

(1) 생애

프란츠 그릴파르처(1791~1872)는 1791년 1월 15일 오스트리아 빈에서 북부 농가 출신 변호사인 아버지 벤첼 그릴파르처와 빈의 중산층 가계 출신의 어머니 존라이트너의 아들로 태어났다. 아버지는 자연을 좋아하며 냉정하고 거친 행동이 몸에 밴 과묵한 사람이었고, 어머니는 음악에 대한 열정이 남다른 착한 성품의 여자였다.

그는 어린 시절 학교에서부터 일찍이 읽고 쓰는 것에 큰 관심을 보였다. 그는 성서의 이야기들, 모차르트의 가극『마적』, 신비롭고 기이한 괴담들, 쿡의 세계 항해기, 괴테의『괴츠 폰 베를리힝엔』등 손에 닥치는 대로 모든 것들을 호기심에 차서 독파했다. 이미 유년시절부터 그를 가장 매료시킨 것은 동화, 기사이야기, 유령이야기, 마술이야기, 괴담 등이었다.

아버지의 죽음으로 그의 가족은 쌓여가는 빚더미로 인해 극도의 곤경에 빨려들었다. 그는 대학생들에게 개인교습을 시키면서 자신과 가족의 생계를 이끌 수 있었다. 그러다가 그는 남동생과 어머니가 자살하는 가혹한 운명과 마주하기도 했다.

그는 빈대학에서 법률학을 공부했으며, 졸업 후 1811년에는 개인교습자 생활을 하다가 공무원이 되고, 1813년에는 왕실재산관리청의 수습기획자가 되어 오스트리아 국가공무직에 발을 들여놓는다. 그는 1821년 황제 개인도서관의 사서 자리에 지원했지만 실패하고 같은 해 재무부로 옮긴다. 1832년에 재무부의 문서관리책임자가 된 그는 1856년 퇴직할 때까지 이 자리를 지켰다.

그릴파르처의 성장기는 오스트리아의 전통에도 적잖은 영향을 미친 프랑스혁명과 나폴레옹의 지배시대와 맞물려있었다. 그가 작품활동을 한 시기는 문학사조 상 사실주의의 서막이라 할 비더마이어(1815~1848) 시대였다. 이는 나폴레옹과의 전쟁에서 패한 독일이 새로운 질서를 모색하던 시기로 과거로 돌아가려는 귀족 기득권층과 자유와 민주적 정치체제를 요구하는 청년시민층과의 이해가 첨예하게 대립했다. 통치세력은 마침내 시민단체의 결성을 금지하고, 대학에 대한 감시와 언론 및 출판의 검열을 시행했다. 이런 갈등과 혼돈 속에서 작가들에게는 체념, 염세, 우울, 절망, 포기 등의 감정이 비더마이어적 정서로 자리 잡아 적지 않은 작가들이 우울증을 앓거나 자살을 했는데, 그릴파르처도 말년에 우울증으로 시달렸다.

그는 일생 동안 유명한 독일 작곡가 루트비히 판 베토벤과 여러 차례 만났는데, 1823년에는 오페라극본 『멜루지네』를 써주었으나 베토벤은 작곡을 하지는 않았다. 베토벤에 대한 그의 기억들은 베토벤 일대기에 중요한 자료가 되었다. 그는 1827년 3월 베토벤의 장례식에서 연극배우 하인리히 안쉬츠가 낭독한 추모사를 쓰기도 했다.

손수 작곡도 했던 그릴파르처는 일생 동안 음악에 대해 큰 관심을 기울였다. 그의 일기와 수기들 속에는 그만의 독특한 의고전주의적인 음악미학에 관한 수많은 기록들이 담겨있는데, 이것은 로시니, 베버, 바그너, 리스트 등 당시대의 유명한 작곡가들에게 중요한 지침 역할을 했다. 이 기록들 속에서는 또 음악을 매체로 한 문학의 본질에 대해 꼼꼼하게 이해시키려는 많은 시도들이 이루어지고 있다. 따라서 그의 노벨레 『가난한 악사』는 19세기 음악미학의 핵심텍스트이기도 하다.

무엇보다도 국가와 민족의 정체성 확립을 위해 그의 작품들이 활용됨으로써 셰익스피어와 괴테가 영국과 독일에서 국민작가로 불리듯 그릴파르처는 오스트리아의 국민작가로 불리고 있다. 그릴파르처는 1847년 황실 학문아카데미의 회원으로 임명되어 명예를 인정받았다. 라이프치히대학에서는 1859년 그에게 명예 박사 학위를 수여했다. 그는 1861년에는 오스트리아 귀족원의 평생회원이 되었고, 1864년에는 고향도시인 빈의 명예로운 시민으로 추대되었다.

그릴파르처는 1872년 1월 21일 자신의 집에서 81세로 세상을 뜸으로써 태어나서 죽을 때까지 빈의 자기 집을 지킨 작가로 남아있다.

(2) 작품세계

그릴파르처의 작품은 그의 삶이 그렇듯 정열적 환상과 인간혐오적 불만, 꿈의 위력과 현실의 공포, 극단과 보수를 하나로 묶어야 하는 동시대 오스트리아의 문제성을 총체적으로 품고 있다. 그릴파르처는 한편으로는 메테르니히의 수구적 보수체제에 염증을 느끼면서도 개혁을 향한 혁명을 두려워하기도 하는 등 양극적인 정치적 상황 사이에서 갈등을 겪었다. 그는 확고부동한 관료제를 갖춘 합스부르크가의 얼룩진 전제정치를 지키려 했으며, 국수주의가 부상할 것임을 예감했다. 그는 국가체제의 붕괴를 알아차렸지만 수백 년 간 이어져 내려온 합스부르크가의 전통과 원칙은 존중했다.

그릴파르처 문학의 출발은 낭만주의와 운명비극의 영향을 받았지만 곧 이 영향에서 벗어났다. 그의 창작능력과 독창성을 보여준 최초의 작품은 1817년 예상 밖의 성공적 공연이 이루어지면서 곧장 전체 독일 무대에 오른 운명비극 『여자 조상』이다. 이듬해에는 완전히 다른 작품 『삽포』를 내놓는데, 여기에서 그릴파르처는 자신이 이해하고 파악할 수 있는 가장 순수한 인간의 토대를 세운다. 가장 단순하게 주어진 상황의 토대를, 가장 가까이에 있는 의무의 영역을 뛰어넘는 사람은 제어할 수 없는 힘에 빠져버린다는 것이다.

그릴파르처의 세계관 속에서는 고상하고, 높이 끌어올리며, 알지 못하는 힘을 일깨우는, 정화시키는 동력으로서의 인간의 열정은 배제된다. 그리하여 그는 한편으로는 소재의 투명한 완성 및 형상화와 고전주의 문학의 형식미와 가깝게 어울릴 수 있었지만 다른 한편으로는 고전주의 문학과는 크게 거리를 두고 별개로 머물렀다. 다만 가장 자연스럽고, 가장 불가피하며 고귀한 열정으로서의 사랑의 묘사에 있어서만은 고전주의적 방식과 함께했다. 그릴파르처의 가장 두드러진 강점은 극적인 줄거리로 사랑의 감정을 전개시키는 데에 있었다. 그리하여 비극 『삽포』와 헤로와 레안더의 전설을 다루고 있는 비극 『바다와 사랑의 물결』(1840)은 그의 가장 완벽한 작품으로 인정받는다.

1821년 빈의 궁정극장에서 삼부작 『황금 양모피』(1819)가 성공적으로 공연된 후 급속히 모든 독일의 무대에서 호평을 받으면서 그릴파르처는 이후 10년 동안 가장 총애 받는 극작가에 속하게 된다.

1825년에는 비극 『오토카르 왕의 행복과 종말』이, 1828년에는 『주인의 충직한 하인』이, 1831년에는 『바다와 사랑의 물결』이, 1834년에는 『꿈은 삶』이 빈의 시민극장에서 성공리에 공연되었다. 1830년 이후 독일의 영방국들에서 유행했던 새로운 규범의 비평은 그릴파르처에 대해 적대적이었지만 그의 강한 장점 앞에서는 별다른 영향을 미치지 못했고, 그의 약점을 신랄하게 부각시키지 못했다.

그릴파르처는 검열과 감시로 억압받는 오스트리아의 불만스런 정치적 상황에 고통스러워했다. 그는 젊었을 때부터 애인이었던 카타리나 프뢸리히와 결혼을 하지 않고 일생 동안 약혼자로만 머물렀는데, 외사촌의 말로는 그가 결혼할 용기가 없었기 때문이었다고 하지만 암울한 현실상황이 우울증을 앓던 그를 일상적 행복으로 이끌지 못했을 것으로 추측된다. 그는 이탈리아(1819), 독일(1826), 파리(1836), 아테네와 콘스탄티노플(1843)로의 여행을 통해 자신의 이상과 현실적 상황 사이의 모순을 극명하게 인식했다.

국가에 대한 의심할 나위 없는 충성심에도 불구하고 그는 검열의 압박과 싸워야 했다. 그의 많은 시들은 통제받았고, 비극『주인의 충직한 하인』의 경우 황제가 손수 나서 발간된 책을 대량으로 사들이는 방법으로 유통을 저지하려고까지 했다.

그릴파르처는 고집불통이어서 자신의 작품 공연에서 배역문제를 놓고 충돌을 빚는 등 극장과의 관계가 원만치 못했다. 게다가 1838년에는 희극『거짓말 하는 자에게 저주를』이 성공을 거두지 못하자 그는 빈의 무대와 관객에게서 등을 돌리기로 결심한다. 하지만 그는 문학적 창작활동을 포기하지는 않는다. 이후 그는 드라마『리부사』(1847),『합스부르크가의 형제갈등』(1848),『톨레도의 유대여인』(1851)과 정취 넘치는 단편『에스터』는 물론 수많은 서정

시들을 썼다.

그의 단편소설들 중에서는 액자소설인 『젠도미르 수도원』(1827)
과 『가난한 악사』(1847)가 잘 알려져 있다.

2. 『톨레도의 유대여인』 해설

(1) 소재 및 성립배경

드라마의 줄거리는 수백 년 동안 반복하여 다양한 문학작품의 대상이 되어온 역사적 사건에 바탕을 두고 있다. 카스티야의 국왕 알폰소 8세(1158~1214)는 어느 아름다운 유대여인과 사랑에 빠진다. 이 바람직하지 못한 문제를 매듭짓기 위해 국왕의 신하들은 그 젊은 유대여인을 살해한다. 이 사건은 수많은 담시, 소설, 드라마, 산문들의 소재가 되었다.

그릴파르처는 이미 1809년에 프랑스 작가 자크 가조트의 소설 『아름다운 유대여인 라헬』을 읽었다. 그는 1816년에는 주안 마리아나의 『스페인의 일반역사』에서 이 사랑이야기를 국가정치적 의미를 띤 것으로 새롭게 마주한다. 그릴파르처는 무엇보다도 이 소재로 드라마 『왕들의 평화와 톨레도의 주디아』(1616)를 쓴 스페인의 극작가 로페 드 베가의 영향을 많이 받았다. 그러나 드라마의 내용에 가장 결정적인 영향을 미친 것은 민중봉기까지 불러온 1847년 바이에른 왕국의 국왕 루트비히 1세와 아일랜드의 무희 로라 몬테즈 사이의 연애사건 *일 것으로 추측된다.

---

* 로라 몬테즈(Lola Montez, 1821~1861)는 아일랜드 출신의 무용가이자 여배우였는데, 1846년 말 바이에른 왕국의 수도 뮌헨에서 무용을 하던 중 그녀의 미모에 반한 국왕 루트비히 1세의 눈에 들어 국왕의 정부가 되며, 국왕으로부터 성까지 제공받고 백작의 지위에까지 오르면서 정치적 영향력을 넓혀가다가 1848년 독일에서의 혁명으로 쫓겨나게 된다.

그릴파르처는 일찍이 1824년에 이 희곡을 구상했다. 그러나 1850년대에 가서야 마무리했다. 『톨레도의 유대여인』은 『리부사』, 『합스부르크의 형제갈등』과 함께 그의 생전에는 공연되지 못한 드라마에 속한다. 희극 『거짓말하는 자에 저주를』(1838)의 흥행 실패 이후 그는 크게 상심하고 실망하여 더 이상 어떤 작품도 무대에 올리지 않기로 결심한 것이다.

『톨레도의 유대여인』은 그릴파르처가 죽은 직후인 1872년에 가서야 보잘것없는 성공을 거두며 초연되었다. 오늘날 유력한 연극 비평가들과 문예학자들은 『톨레도의 유대여인』이 독일어권 연극문학이 제공한 최고의 작품에 속한다는 데에 의견의 일치를 보이고 있다. 그것은 내용상의 시의성과 언어적 우수성 때문만이 아니라 뛰어난 재주꾼 그릴파르처가 탄탄한 구성과 드라마적 기교에 의해 가능케 한 무대효과 때문이기도 하다. 물론 이 작품은 뛰어난 만큼 마찬가지로 뛰어난 연출가와 함께 직간접적 암시들과 상징적 공간 및 도구들로 된 지적인 텍스트구조를 완벽하게 소화해낼 수 있는 훌륭한 배우들을 필요로 했다.

(2) 구성

이 작품은 더 이상 첨삭의 여지가 없는 탄탄한 구성과 완벽한 언

그녀는 스위스, 프랑스, 영국을 거쳐 미국으로 건너가 연예인이자 강사로 활동했다.

어적 기교를 강점으로 하고 있으므로 작가 중심적 관점에서 이야기의 구성방식과 비유 및 상징 등 표현상의 특징을 살펴보기로 한다.

1)발단

작품의 서두에서 그릴파르처는 먼저 톨레도에 있는 국왕의 정원을 내보인다. 젊은 유대여인 라헬은 들뜬 기분에 이 정원에 들어가지 못하게 되어있는 규칙을 위반한다. 그녀의 아버지 이삭과 언니 에스터가 그녀를 제지하려 하지만 소용이 없다. 사건의 서두에 등장하는 이 대수롭지 않은 사회적 질서의 교란이 나중에 중대한 결과를 낳게 된다.

국왕 알폰소와 그의 부인 엘레오노르가 조신들에 이끌려 등장한다. 작가 그릴파르처는 남자 주인공을 국민의 왕으로 소개한다. 그는 알폰소로 하여금 "악독한 백부의 광기"에 의해 왕위계승을 위협받았지만 오로지 신뢰하는 신하들의 충성심 덕분에 왕위를 지킬 수 있었다고 설명케 한다. 젊은 국왕은 그를 뒷받침해준 계층들의 기대를 실망시키지 않았음이 분명하게 표현된다. 일찍 부모를 잃은 어린 국왕에게 부모 역할을 대신해 준 라라 백작 만리케는 군주의 덕성에 대해 더할 나위 없이 극찬한다.

"사랑스런 눈길로 전하를 그저 바라만 봐보세요.

스페인에는 수많은 국왕들이 있었지만

고귀한 품성에 있어 그 누구도 전하와 비교될 수 없으니까요."

알폰소는 그릴파르처에 의해 최고의 품성과 능력을 갖춘 통치자의 위치에 놓인다. 그러나 국왕의 품성이 위대하고 감동적일수록 그를 위협하게 될 몰락의 낙차 또한 깊을 것은 자명하다.

국왕은 그의 빛나는 존재가 안전하지 않다는 것을 암시한다. 어렸을 때부터 지배권을 위한 투쟁을 정치적 의무로 부과 받아 일찍이 왕실의 보수적 전통이 몸에 밴 "엄격한" 영국 공주와 결혼을 한 국왕에게는 스스로의 말대로 "일상적 삶의 모습들을 바라볼 시선"은 남아있지 않았으며, "당시 나를 자극하고 유혹하는 것은 멀리에 낯설게 놓여있었소."라고 밝히고 있다. 그의 말에서는 부담 없는 삶과 아름다움과 감각적 향락에 대한 젊은 남자로서의 동경이 암시되고 있다. 그릴파르처는 국왕의 이 말에 이어 곧장 엘레오노르가 지금까지 충족되지 못한 남편의 욕구를 함께 나눌 수 있는 존재가 아니라는 것을 상징적으로 나타낸다. 알폰소는 영국 혈통의 아내를 기쁘게 해주려고 새 정원을 영국식으로 만들도록 한다. 그러나 그녀는 남편의 이런 자상한 배려를 알아채지 못하며, 그것이 알폰소의 기분을 상하게 한다. 그릴파르처는 국왕의 "오늘 일진이 좋지 않은가보구려."라는 말을 통해 겉으로만 인위적으로 매끄럽게 다듬어놓은 궁정의 조화는 이미 깨졌다는 것을 암시하고 있다.

정원을 산책하던 중 실망한 국왕은 자신이 해야 할 의무로 돌아온다. 나라는 전쟁의 위협을 받고 있다. 라라 백작의 아들이자 국왕의 젊은 친구인 가르세란이 국경부대에서 돌아와 무어족이 카스티야 왕국을 결정적으로 공격하기 위해 무장하고 있음을 알린다. 무어족의 이러한 위협은 나라 안에서 불안을 일으키고, 지나친 공포와 신경과민과 무어족뿐만이 아닌 다른 모든 이교도들에 대한, 무엇보다도 유대인들에 대한 공격적 성향을 불러일으켜왔다.

그릴파르처는 이 부분에서 라헬과 알폰소 국왕과의 첫 만남을 등장시킨다. 라헬과 에스터와 이삭은 왕궁의 정원에 들어섰다는 이유로 붙잡힌다. 라헬은 "그의 오른발을 움켜쥐면서 머리를 바닥에 숙이고" 국왕 앞에 주저앉는다. 이 만남은 발단 – 자극적 계기 – 전개 – 절정 – 하강 – 결말이라는 고전극의 전형적 구성형식을 거의 완전하게 갖춘 이 드라마에서 발단단계를 지나 사건을 전개하기 위한 자극적 계기로 작용한다. 또한 국왕의 발 옆에 앉은 아름다운 유대여인은 국왕에게는 에로틱한 관점에서 자극적 계기가 되기도 한다. 알폰소와의 첫 만남의 구상을 그릴파르처는 1824년 자신의 일기에서 이렇게 적었다.

"그녀의 양팔이 그의 두 발을 움켜잡고, 그녀의 풍만한 가슴이 그의 무릎을 압박하며 출렁이고 – 운명적 충격이 발생한다. 이런 흔들리는 형태들, 이런 출렁이는 젖무덤의 모습이 (이러한 모습 아래 그들은 그의 감각을 함께 나누는데) 더 이상 그에게서 떠나지 않는다."

알폰소 국왕은 라헬과 에스터와 이삭을 임시로 왕성에 머무르게 하는데, 표면적으로는 유대인배척자들의 공격으로부터 이들을 보호하기 위해서지만 실제로는 국왕이 이미 라헬의 성적 매력에 푹 빠져버렸기 때문이다.

2) 전개

2막에서 그릴파르처는 라헬과 알폰소 국왕 사이의 점점 커져가는 애정을 가리키는 풍부한 암시를 제시한다. 알폰소는 신하들이 있는 가운데 경험이 많은 가르세란에게 (가르세란의 성적인 경험은 돈나 클라라와의 부수적인 사건을 통해 암시되는데) 어떤 수단과 방법이 여자들을 가장 잘 유혹할 수 있는 것인지를 묻는다. 이 막에서는 몇몇 소도구들이 본질적인 중요성을 얻기도 한다. 라헬이 임시 거주처로 정원별채를 지정받는데, 거기에서 그녀는 지난 사육제극에서 사용된 의상들을 발견한다. 그녀는 머리 위에 깃털 왕관을 쓰고, 금박의 외투를 어깨에 두르고는 꼬마 소녀처럼 왕비 놀이를 한다. 라헬은 액자에서 왕의 사진을 빼내어 바늘로 의자에 붙여놓는다. 그것은 순진무구한 행동이지만 무엇보다도 그녀가 사진 속 인물의 심장을 바늘로 찌르기까지 하는 데에서는 왕으로부터, 그리고 나중에는 왕비로부터도 비밀스런 요술로 해석된다.

국왕이 정원별채에 들어가 있다는 청천벽력 같은 소식이 왕비 엘레오노르와 조신들에게 알려진다. 추문이 첫 발걸음을 뗀 것이다. 사려 깊으며 언제나 인간적인 이성에 이끌리는 언니 에스터는 라헬이 초래한 분란을 내포한 상황이 나쁜 결과를 가져올 것을 예감하기에 돌파구를 찾는다. 작품에서 한없이 긍정적인 유일한 인물이기도 한 에스터는 라헬을 왕궁의 굴레에서 끌어내어 위험은 사라진 것으로 여긴다. 그러나 라헬은 자신의 사진이 달린 목걸이를 남겨놓는다. 알폰소 국왕은 이 사진과 결별하려고 하지만 소용이 없다. 그는 사진을 바닥에 내던지기까지 하며 단호한 행동을 하지만 라헬의 사진으로부터 벗어나지 못한다. 국왕의 표면적 행동은 그의 내면적 상태를 상징적으로 나타내고 있는데, 아름답고 육감적인 여인의 모습은 더 이상 그에게서 지워지지 않는다.

2막에서 묘사된 전개과정은 3막에서 이어져 정점으로 이끈다. 3막의 서두에서 그릴파르처는 처음으로 시간이 어느 정도 흘렀다는 것을 나타내는 장면을 내보인다. 무엇보다도 그 사이에 라헬이 국왕에 대한 엄청난 영향력을 얻었다는 것을 짐작케 한다. 이삭은 국왕에게 올리는 청원자들의 청원서를 심사하여 적격여부를 결정하는데, 국왕의 총애를 등에 없고 권력의 지위를 거리낌 없이 이용하여 청원자들로부터 돈을 받아 챙긴다. 그릴파르처는 여기에서 유대인에 대한 반감을 바탕으로 탐욕적이며 교활한 유대인의 모습을 그리고 있다.

정작 국왕은 자신의 궁정에서 일어나고 있는 일들을 분명 모르고 있는 듯하다. 그는 사랑으로라기보다는 열정과 향락으로 눈이 멀어있다. 그는 라헬과 함께 음악이 연주되는 가운데 별장의 정원에 들어선다. 그는 이제 어린 시절에는 제공받지 못했던 것을 마음껏 즐긴다. 라헬은 자신의 현재의 삶에 매료되어 국왕과 진한 성적 장난질을 벌이는데, 물론 국왕뿐만 아니라 국왕의 어릴 적부터의 친구이자 신하인 가르세란과도 조금은 즐긴다. 그녀는 두 남자를 맞바꿔가며 충실한 연기를 펼친다. 그릴파르처는 여기서 라헬을 사회적인 이유로 자신의 남자가 될 수 없는 한 남자를 영원불멸 사랑하는 감동적인 여인으로 나타내지는 않는다. 그녀는 실러의 『간계와 사랑』에 나오는 루이제 밀러*가 아니라 프랑크 베데킨트의 룰루** 상을 떠오르게 한다. 그녀는 성적인 장난질과 궁정의 화려함에 푹 빠지고, 자신이 빠져든, 더 엄밀히 말하면 자신이 초래한 상황을 자기도취적 방식으로 살아나가는 하나의 자연물이자 본능체이다. 라헬의 행동은 어린애다운 변덕스러움과 음탕함, 외면적인 순진함과 성적인 세련성 사이를 오간다. 그녀는 당돌한 소녀이자 운명의 여인이고, 의지할 데 없는 아이이자 요부이다. 바로 이러한 모순적인 듯한, 어린애 같은 여인이라는 혼합적 유형이 국왕에게는 사랑할만하다고 여겨지기보다는 성적인 자극을 일으키게 한다.

알폰소 국왕이 라헬에 대한 열정으로 인해 통치자로서의 의무를 완전히 저버리고 있음을 그릴파르처는 무엇보다도 소도구들의 상징적인 처리를 통해 분명하게 나타내고 있다. 라헬─가르세란─알

---

* 실러의 비극 『간계와 사랑』의 여주인공으로 가난한 평민 악사의 딸이다. 신분차이에도 불구하고 청순한 그녀를 사랑하는 재상의 아들과 사랑에 빠지지만 권세를 위해 자식을 평민이 아닌 귀족의 딸과 결혼시키고자 하는 재상의 온갖 계략에 말려들어 독살됨으로써 진실한 사랑을 희생당하는 여인이다.

** 프랑크 베데킨트의 비극 『지령』(1898)의 여주인공으로 성적 본능의 화신으로 그려지고 있다. 성적 본능에 따라 자유분방하게 사는 매력적인 여인 룰루는 지배욕에 차서 남성을 잔인하게 파멸시키고 자신도 나락의 구렁텅이로 빠져 들어가는 비극적인 여성상을 내보인다.

폰소의 성적인 유희는 가르세란이 국왕에게 심각한 군사적 상황을 알리면서 중단된다. 알폰소는 정치적 현실과 함께 더 이상 통치자로서의 자신의 사회적 역할을 저버릴 수 없게 된다. 그리하여 그는 자신의 군대로 돌아가기 위해 투구, 창, 방패와 흉갑을 가져오게 한다. 그러나 라헬은 국왕의 이 무기와 장비들로 엉뚱한 장난질을 한다. 그녀는 창을 차양을 받치는 지지대로 이용하며, 방패는 거울로 이용하고, 투구는 손수 머리에 쓰는데, 그것이 그녀에게는 전쟁이 아닌 "사랑싸움"을 위해 만들어진 것처럼 보였기 때문이다. 이런 카바레무대에서와 같은 모습에 국왕은 잠시 무장을 해제하는데, 그것은 동시에 그의 심리적 무장해제이며, 자발적인 의지의 해체이다.

사건 전개를 늦추는 이런 상황은 줄거리의 전환을 잠시 지연시키지만 그것을 방해할 수는 없다. 에스터는 엘레오노르와 영주들이 모든 수단을 동원하여 국왕의 탈선이 계속되는 것을 막기로 결심했다고 알린다.

"존엄하신 전하! 왕비께서
톨레도 성곽을 벗어나
우리가 곤경에 처했을 때 전하를 처음 뵌
바로 그 별장으로 가셨습니다.
(가르세란에게) 아울러 당신의 고귀한 아버지인
만리케 라라도 함께 가셨는데,

공동의 최선책을 논의하기 위해

공개적인 편지로 왕국의 모든 고급귀족들을 불러 모았답니다.

마치 왕국에 왕이 없어져버린 듯,

국왕이신 전하께서 돌아가시기라도 한 듯 말입니다."

실제로 알폰소는 자신의 사회적 역할을 인지하지 못해왔기에 국왕으로서 죽은 것과 다름없다. 그러나 그는 이제 제 정신을 차리게 된다. 3막의 말미에 그는 라헬을 떠난다. 4막의 시작과 함께 줄거리는 절정에 도달한다.

3) 하강과 결말

스페인의 고급귀족들과 왕비 엘레오노르가 국왕의 일탈사태를 논의하기 위해 모인다. 그릴파르처는 다시 한 번 엘레오노르의 감각적이지 않은 불감증적인 성향 또한 결혼의 위기인 동시에 국가의 위기를 초래한 원인이라는 것을 나타낸다. 엘레오노르의 결혼과 성에 관한 다음과 같은 표명이 이를 말해준다.

"결혼이라는 것은 금지되어있는 것을 정당한 것으로 격상시키고,

좋은 가문의 사람들에게는 누구에게나 혐오스런 일을

신의 뜻에 맞는 의무의 영역 속으로 끌어들이기에

최고로 신성한 것이 아닌가요?"

라라 백작에 의해 대표되는 국시와 왕비에 의해 대표되는 규범적인 도덕이 관철된다. 현 상황에서 그 유대여인을 어떻게 처리할 것인지에 대한 만리케의 유도적 질문에 엘레오노르는 그녀를 죽여야 한다고 답한다. 귀족들은 행동에 나선다.

작품의 가장 인상적인 장면은 다음에 이어지는 엘레오노르와 그 사이 궁정으로 돌아온 알폰소와의 대화이다. 그릴파르처는 매혹적이며 인상적인 방식으로 이들 부부가 기본적으로는 위기를 수습하고 새롭게 시작하려는 의지가 있으나 의지와 이성과 인식이 감정과 알 수 없는 것의 막강한 힘에 의해 무너져 내린다는 것을 내보인다. 말과 몸짓 사이의 팽팽한 긴장이 의지와 알 수 없는 힘과의 싸움을 분명하게 드러낸다.

알폰소는 "레오노르, 반갑소!"라고 말하며 그의 아내에게 손을 내민다. 엘레오노르는 알폰소에게 잘 왔다며 인사는 하지만 그의 손을 잡지는 않는다. 알폰소는 손을 내민 채로 있고, 마침내 엄격하며 냉담한 아내는 잠시 머뭇거린 다음 감정을 드러내며 자발적으로 두 손을 알폰소에게 내민다. 이러한 자발적인 애정표현에 대해 알폰소는 포옹을 해주며 진심으로 기뻐하는 대신 다음과 같이 생뚱맞게 고지식한 말로 응한다.

"양 손 말고!

사람들은 동맹과 협약에 대한 담보로,

비록 심장에서 더 멀긴 하지만 오른손만 내민다오.

그것은 아마도 심장 속에 자리를 펼치고 있는

감정뿐만 아니라,

인간의 총체적 의지인 오성 또한

약속한 것에 영속성을 부여하겠다는 것을 암시하는 걸 거요."

엘레오노르가 처음으로 거리낌 없이 자신의 애정을 내보이려는 순간에 국왕은 어울리지 않는 행동이라는 걸 인식하지 못한 채 느닷없이 협약, 오성, 동맹에 대해 말하며, 그럼으로써 화해는 시작부터 깨진다. 알폰소는 이어서 의무를 망각한 부정한 자신의 행동을 질병으로, 새로운 발달국면에서 나타나는 증상일 뿐이라고 설명하며 용서를 구하고자 한다. 그는 자신의 말이 결혼의 새로운 발달국면을 뜻한다고 설명한다. 그는 사랑관계의 이상향을 "가정적인 단란함의 영역 속에서 일시적으로 결핍되었던 것을 통해 달콤함이 배가되는 것"으로 전개한다. 지금까지 거의 철저히 덕성과 의무이행을 바탕으로 이루어져온 그들의 부부관계 속으로 감정적인 것과 성애적인 것 또한 결합시키는 것이 결혼의 새로운 가치라고 암시하는 그의 말을 엘레오노레는 받아들이려 하지 않으며, 받아들일 수도 없다. 그녀는 거절하면서 답한다. "당신은 그걸 갈망하지만, 나는 그것 없이도 아쉽지 않아요." 알폰소는 이 정신이 바짝 들게 하는 말을 흘려들은 듯하다. 그는 아내의 마음을 사기 위해 계속하여 노력하는데, 이제는 아무 쓸모도 없는 방법을 이용한다. 그는 그 사건에 대해, 그와 라헬과의 관계에 대해 더 이상 얘기하려 하지 않으며, 자신이 "잘못에서 빠져나왔다"고 말하는데, 그럼으로써 엘레오노르가 앓고 있는 아픔과 굴욕감을 씻어낼 수 있을 것으로 생각한다. 이러한 환상은 절망적이 될 수밖에 없다. 왕비는 일어나고 있는 일에 대해 자세히 말하며, 갑자기 알폰소가 라헬의 사진이 달린 목걸이를 여전히 가슴에 걸고 있는 것을 발견한다. 이 사진은 이제 다시금 설득력 있는 소도구가 된다. 국왕은 사진이 달려있는 목걸이를 떼어낸다. 하지만 라헬이 그에게 부렸다는 "요술"에 대해 무시해도 되는 단순한 것이라며 왕비에게 힘겹게 해명하려고 노력하는 중에 갑자기 떼어낸 사진을 다시 손에 쥐고는 잠시 후 자신도 모르게 목걸이를 다시 목에 건다. 알 수 없는 힘의 조종을 받는 국왕의 행동은 그의 의식적으로 선택된 말보다 더 진정성이 강하다. 화해를 노린 대화는 실패로 끝난다. 알폰소가 상황을 깨끗이 정리하겠다며 장황한 말을 늘어놓는 동안 왕비는 자신의 방으로 돌아간다. 완전히 자신의 감정에 사로잡힌 국왕은 흥분하고 분노하면서 격앙된 목소리로 외친다.

"나는 왕비에게 갈 테야! – 문이 잠겼어?

(문을 발로 차 부수면서)

열렸군!

그럼 나는 돌풍 속에서 가정의 행복을 맞이해야지.

(그는 안으로 들어간다.)"

"돌풍 속에서 가정의 행복을 맞이하겠다."는 은유적인 말을 통해 그릴파르처는 성폭행을 암시하고 있다. 결혼에서, 그것도 왕실 결혼에서의 성적 폭행이라는 주제는 19세기의 도덕적 척도로는 엄청난 금기타파이다.

　작품의 결말은 준비된 파국의 논리에 따르고 있다. 라헬은 살해된다. 시체 앞에서 국왕의 열정은 사그라진다. 국왕은 자신이 벌였던 일을 의아해하며 다시 통치자로서 자신의 의무에 따른다. 그는 무어족과의 전쟁을 이끌며 신의 심판을 기대한다. 작품은 아직 그의 외침 "나가자! 앞으로! 하느님께서 승리를 내려주시리라."로 마무리되지 않는다. 죄는 일방적이 아닌 상대적인 것이라는 매듭말을 그릴파르처는 에스터의 입을 통해 덧붙이고 있다.

"우리 모두가 저들과 똑같이 죄인의 대열에 서게 되는 거지요.
　하느님이 우리를 용서해주시도록 우리가 용서를 해요."

톨레도의 유대여인
5막의 역사비극

초판 1쇄 | 2018년 03월 28일

지은이 | 프란츠 그릴파르처
옮긴이 | 이관우
편 집 | 강완구
디자인 | 임나탈리야

펴낸이 | 강완구
펴낸곳 | 써네스트

출판등록 | 2005년 7월 13일 제2017-000293호
주 소 | 서울시 마포구 망원로 94, 2층
전 화 | 02-332-9384   **팩 스** | 0303-0006-9384
이메일 | sunestbooks@yahoo.co.kr
ISBN 979-11-86430-67-5 (03850)   값은 표지에 표시되어 있습니다.
2018ⓒ이관우
2018ⓒ써네스트

이 도서의 국립중앙도서관 출판예정도서목록(CIP)은 서지정보유통지원시스템 홈페이지(http://seoji.nl.go.kr)와 국가자료공동목록시스템(http://www.nl.go.kr/kolisnet)에서 이용하실 수 있습니다.(CIP제어번호: CIP2018008097)